文春文庫

魔女のいる珈琲店と4分33秒のタイムトラベルⅡ

太田紫織

文藝春秋

目次

登場人物紹介

岬陽葵(みさきひまり)――中学1年生。幼いころからピアノの才能を認められて英国に音楽留学をするも事故に遭って挫折し、帰国して札幌で暮らす。ひょんなことから〈時守(ときもり)〉の力に目覚める。

田瀬時花(たせはやり)――札幌にある珈琲店「タセット夕暮れ堂」の店長兼バリスタ。〝魔女〟とも呼ばれている時守。

日暮(ひぐれ)――「タセット夕暮れ堂」の共同経営者で焙煎担当。同じ時守でもある。看板犬モカの飼い主。

風見月子(かざみつきこ)――陽葵のクラスメート。事故で亡くなってしまったが、陽葵が過去を変えたことで、その死がなかったことに。

風見竜太(かざみりゅうた)――月子の双子の兄。

千歳ちはや(ちとせ)――陽葵のクラスメート。すこしミステリアスな男子。

時守――大きな後悔を抱えた人を4分33秒のあいだ過去へ連れていくことのできる能力をもつ者達。チャンスは一度だけ、時守自身の過去にいくことはできない。

魔女のいる珈琲店と4分33秒のタイムトラベルⅡ

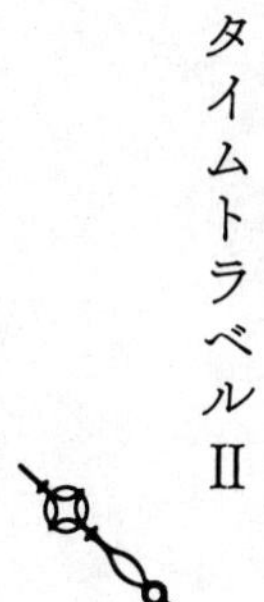

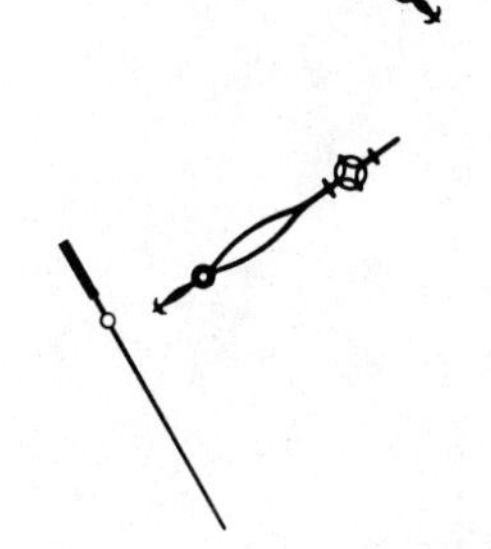

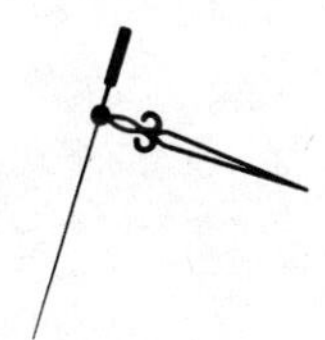

珈琲と時間の魔女の序曲（オーバーチュア）

「時花さんはどうして魔女なの？」

六月の終わりの晴れた日の放課後、いつもみたいに『タセット夕暮れ堂』を訪れた私は、夏にぴったりな冷たい珈琲ソーダを飲みながら、自分用の珈琲を淹れている店長でバリスタの時花さんに聞いた。

「私がどうかした？　陽葵ちゃん」

「日暮さんがそう言うのはなんとなくわかるけど、時花さんの不思議な力のことは誰も知らないはずなのに、どうして『魔女』って呼ばれているのかなって」

タセットを教えてくれた杉浦さんも、ここは魔女の珈琲店だって言ってた。

珈琲が美味しすぎるせいか知らないけれど……とも言ってたけれど、本当にそれが理由なのかなって、ちょっと疑問だったのだ。

「さあ、なんでかしらね」

時花さんは銅色のコーヒーポットを手に首を傾げて笑う。

「壁の写真のせいでは？」

私達に助け船を出してくれるように、共同経営者でコーヒー豆の焙煎を担当する日暮さんが言った。

「ああ、確かにね」

「写真？」

壁？　と振り返ったけれど、お店の壁に飾ってあるのは、いかにもアメリカっぽいレトロな感じのポスターとか、珈琲に纏わるものばかりだ。

でも一ヶ所だけ、古時計の横の壁に、微かに額縁の形をした薄い跡が残っている。まるでここにぽっかりと、あるべき物がないような。

「そういえば、フレームを直すのに外して、そのまんまだったわね」

時花さんはお店の奥に消えると、少しして戻ってきた彼女の手には、苦い珈琲豆みたいに濃い色の木製の額縁が握られていた。

時花さんはそれを、時計の横のあの空白に飾る前に私に見せてくれた。

「……これ、いつの写真なの？」

「戦前よ。確か明治の頃だったかしら」

額縁に納められていたのはとても古い白黒の写真で、緩い巻き髪に結い上げ、縞模様の着物を着た女性が、筒状の大きなロボットみたいな機械の前で、小さなカップを手ににっこり笑っている。

「日本で最初のバリスタは、一九九四年からイタリアで修業をした、根岸清先生だと言われているけれど、明治時代にイタリアに渡って、着物姿で珈琲を淹れていた、とっても変わり者の女性がいたのよ」

「……お祖母ちゃん？　曾お祖母ちゃん？　時花さんにそっくり」

私は驚いた。だって本当にうり二つだったから。

「だからきっと、私を歳をとらない魔女だなんて、冗談を言い出した人がいるんじゃないかしら」

「じゃあ、珈琲と時間の魔女だ」

「あら、なんだかかっこいい」

時花さんがふふ、と笑った。

「この変な機械で珈琲を淹れるの？」

写真の中の天辺が丸くなった筒状の機械を指さした。まるで消火栓に手足が生えたみたいだ。

「ええ。『BEZZERA』よ。ルイジ・ベゼラが開発し、デジデリオ・パボーニが進化させたエスプレッソマシーン。私、ミラノ国際博覧会ではじめてこの子に出会って、すっかり恋に落ちたの」

うっとりと時花さんが呟いた。今見ると不思議な形だけれど、アンティークの品には、なんともいえない愛おしさがあると思う。あの古時計みたいに。

そしてそういう長い時間を越えてきたものは、時花さんに似つかわしいように思った。

――珈琲と時間の魔女。

うん。なんだか素敵。

古い写真を懐かしそうに見つめる時花さんを眺めながら、私はそのフレーズを胸の中で繰り返した。

一杯目

のこされた者のための舞踏曲（パヴァーヌ）

1

クラスメートの千歳(ちとせ)君は、いつもクラスの輪から外れた場所にいる。

中一には見えないくらい小柄だけど、虐(いじ)められているとか、そういう感じでもない。

ただ千歳君自身が誰に対してもそっけないだけ。

出席番号が千歳君の一つ後ろの千葉(ちば)君が、よく友達になりたそうに話しかけているけれど、千歳君はまともに取り合おうともしないで、明らかに周囲と距離を置いている。

クラスの誰かに意地悪したり、嫌われるようなことを言う訳でもない。

ただ、クラスのあらゆることにまったく興味がない様子で、いつも一人でいる男子――まるで今、この時間にいないみたいに。

私はそんな千歳君のことが妙に気になりつつも、やっぱり苦手だった。

自分でもはっきり言葉にできなかったけれど――やっとわかった。この『違和感』。

そして彼があんまり他人と関わりたがらない理由が。

「まさか……千歳君が『時守』だなんて思わなかった」

「そうか？　岬からは『そういう匂い』がしてたけど」

「匂い？」

「上手く言えないけど——お前は、あの珈琲屋の匂いがする」

「……………」

　思わず気になって、私はスンスンと自分の服を嗅いでしまった。

「そうじゃなくて……珈琲屋が言ってた。『時守は呼び合う』んだ。そもそも別の時守が変えた時間の流れに紛れ込まないと、時守は目覚めない」

「うん……」

　過去に渡って時間を変えても、もう存在しない未来を覚えている——時守は時間の流れの特異点だ。彼の言う『匂い』はピンとこなかったけれど、私も千歳君の持つ雰囲気に違和感を覚えていたから、なんとなく言いたいことはわかった。

「千歳君もタセットを知ってるんだ」

「まあ……前に、ちょっと色々あった」

「色々？」

　詳しく知りたくて聞き返したけれど、千歳君はなんにも言ってくれなかった。

「でも……千歳君はいつから？」

「うん。いつから時守なのかなって……」

「そんなの……見たら大体わかるだろ？」

怪訝そうに眉を顰めた千歳君が、両手を広げて見せた。

「え？」

「岬も小五や小六とかそんくらい？　お前もちっさいもんな」

なんだかよくわからないけれど、確かに私は体が小さい。でも、親しくもない人から
そんな風に言われるのは、ちょっと気分が悪い。

「……わ、私が小さいことと、いったいなんの関係があるの⁉」

「え？」

ムッとして言い返した私に、今度は千歳君が不思議そうな顔をした。

「…………」

変な空気が流れて、お互い気まずい感じになったところで、隣のクラスの女子二人が、
私達を物珍しそうな顔で眺めながら通り過ぎていった。

「まあいいか。とりあえず場所変えよう」

彼女達が声を潜めるようにしてくすくす笑っていたので、千歳君は顔をしかめて言った。

変な噂が立ったら嫌だなと……私も耳まで火照るのを感じながら提案する。

「じゃあ……タセットに行――」

「NO」

千歳君は、私が言い終わるよりも先にきっぱり拒否した。

「え、な、なんで？」

「どうしても。それに、あの人達は自分達で過去を変えたがらない」

「ああ……う、うん。そうだね。日暮さんはともかく、時花さんは『時守は見守るだけ』であるべきだって……」

「ったく。自分こそ神さまのつもりかよ、偉そうに」

ぼそっと、千歳君が吐き捨てるように言ったので、私は驚いた。

千歳君はタセットの二人が嫌いなんだろうか？　それに二人が私に千歳君のことを――もう一人の時守のことを、なんにも話してくれていなかったのも気になる。

「……千歳君？」

「別に、話すならどこだっていいだろ？　適当に、マックとかでいいじゃん」

「う……うん」

彼はそう言うと、さっさと校門に向かって歩き出した。

ほとんど会話のないまま、数歩先を行く千歳君の後を追うように歩いた。

少し強引なところが時花さんとは合わなそうだな……とぼんやり思った。もし二人が会ったら喧嘩になりそうだ——ううん、もうなっているのかも。

そんな子と勝手に過去を変えたりしたら、時花さんは怒るだろうか。

だけど私が過去を変えたせいで、赤ちゃんが死んでしまったなんて、このままにしておくのは酷すぎるし、辛い。

たとえそれが月子ちゃんのためにしたことだったとしても。

一方で、また過去を変えることで、もっと状況が悪くなってしまったら？　とか、不安が次々とわき上がってきて、私はなかなか一歩を踏み出す勇気が持てなかった。

どうにかして千歳君に、もう一度考えさせてほしいと言い出せないか。そんなことを悶々と考えているうちに、苗穂駅近くのアリオに着いてしまった。

場所はフードコート。マックに近い窓側の席は私の心を酷くざわつかせた。

夕方のショッピングモールは活気と音で溢れている。

ぐずる赤ちゃんの声はシ♭・ラ・ラ♭、料理の完成を伝える、呼び出しベルの振動はファ♯——音に音符が見えるのは、いつも不安定な気持ちの時だ。

千歳君はエグチセット、私はポテトとドリンクだけで良かったけれど、セットの方がお得と言われて、一番安いのを頼んだ。

ポテトは揚げたてアツアツで、少し薄いくらいの塩加減がちょうど良い。舌が火傷しそうなほど熱いのをくわえ、カリッとかじると、中はホクッとしていて——そうして

「美味(おい)しいね」って言おうとした相手は、今日は月子ちゃんじゃない……。

「どうした？」

思わず表情に出ていたのか、千歳君が怪訝そうに言った。

「ううん……ただ、ポテトが美味しいなって」

「まぁ……揚げたてだし？」

「ここではじめて、こんな風につっこちゃん……風見(かざみ)さんとお茶したの」

席は一つ前だった。見える景色もほとんど一緒……私の中で記憶と時間がねじれている。

「そうだよな……お前ら毎日楽しそうだったもんな」

そんな私に、千歳君が優しく言った。

「………」

ぶわっと、私の両目から涙が溢れた。

「な、なんだよ」

「私とつっこちゃんが一緒にいたことを、覚えている人が私以外にもいるんだって、そう思ったら……」

嬉しかっただけ。とても嬉しくて仕方なかっただけ。

大勢の人が美味しそうにご飯を食べている場所で、私が泣き出してしまったので、千歳君は目に見えて焦(あせ)っていた。

ポケットに手を突っ込んでガサゴソして、取り出したのはハンカチじゃなくて、パッケージから中身が半分顔を出した、ボソボソのポケットティッシュだったので、千歳君は少し悩んで、マックの紙ナプキンを数枚差し出してくれる。

その仕草がなんだか面白くて、私は思わず吹き出してしまった。

「……そんなさ、別に……泣くほど好きな奴なら、また声かけりゃいいじゃん」

「そういう訳にはいかないよ」

そんな風に簡単に思えたら、とっくにそうしてる。

思い出す。月子ちゃんのお葬式のことを。

音もない冷たい雨、ひんやり湿った式場の空気と、その中で嗅いだお焼香の香り。お数珠(じゅず)のこすれる音と、集まった人達のたてる悲しげなざわめき、私の居場所がない世界。双子のお兄さんの竜太(りゅうた)さんやお母さん達の悲しむ顔が――今はもう存在しない過去が、いくつも私に覆い被さってきて、とても怖くなってしまう。

「や……やっぱり、ここから出たい。もしまた月子ちゃんに会ったら困るから」

ざらざらの紙ナプキンで顔を拭(ふ)いてから言うと、千歳君は何か言いたげに私を見て――「うん」とだけ言って、お持ち帰り用の紙袋をもらいに行ってくれた。

その間に私は目を閉じて、少しでも自分の気持ちが落ち着くのを待った。

そうして私達は、すぐ近くにあったホップ公園のベンチに腰を下ろした。

そう何分も歩いていないのに、ポテトはすっかり冷めてぐんにゃりと柔らかく、パサついてしまっている。

お腹がすいているわけではなかったけれど、私はしばらく食べるのに専念した。何を言っていいかわからなかったから。

千歳君も黙ったままハンバーガーにかぶりついている。

私達の代わりに、ラ・ソ、ラ・ソとカラスが鳴いている。

彼があっという間に食べ終えてしまったので、私のハンバーガーも彼に渡した。願わくばずっと黙っていて欲しいと思った。

だけど時間が止まらないように、食べればハンバーガーもなくなってしまう。つまむと『?』マークになるフニャフニャのフライドポテトだって。

「……本当に、時間を変えるの?」

このまま黙っていたら彼に何を言われるか不安で、覚悟を決めて私から切り出した。

「お前はこのままでいいと思ってんの?」

「でも……時花さんが、こういうのはあんまり良いことじゃないって言ってた」

時守が行うのは後悔を抱えた人達の『渡し』だけで、過去には介入せずに見守るだけであるべきだって。

「へえ」

千歳君はやけに興味なさそうな、そっけない「へえ」を返してきた。

「命の数は決まっていて、神さまは時々残酷な帳尻あわせをするって。……それに私、神さまに嫌われているから、無理に変えようとしたらもっと悪い未来になってしまうかも」

「…………」

私が弱々しく言うと、千歳君はベンチの横に放置されていたゴミを指さした。

「なあ、お前どれが好き？」

「え？」

「このゴミに群がってる奴ら、どれが好き？　どの蟻がいい？」

「そ……そんな、わかんないよ」

突然何を言い出すんだろう。ゴミに群がる蟻は黒くて、小さくて——そのくらいしかわからない。どこにでもいる蟻だったから。

なんという種類かも知らないし、そんな一匹一匹なんて見分けが付かない。このたくさんの中から一匹を選ぶなんて……。

「神だって同じだろ」

「……え？」

「そりゃ気まぐれにこうやって、餌をくれることがあったり、逆にうっかり踏みつけられたり、邪魔だって駆除されたりすることはあるだろうけどさ。でも神なんてのは俺やお前のことなんか、好きとか嫌いとか以前に一匹として把握なんかしてねえって。そんなんうぬぼれと同じだろ」

「で……でも私はずっと――」

「要は『神さま』じゃなくて、『岬自身』がやりたくないんだろ？　神さまとかいう都合の良い存在に、責任を押し付けてるだけだ」

きっぱりと、吐き捨てるように千歳君が言った。そして落ちていたゴミを拾い上げ――蟻を振り落としてから、自分が食べた後の紙袋にまとめた。

私は呆然として、その横顔を見た。千歳君は幼びた、小学生みたいなあどけない顔なのに、不思議と私よりもずっと大人のように感じた。

「確かに何度変えても運命が変わらないような、そういう時間は時々存在する。珈琲屋の言う『帳尻あわせ』も、感じないと言えば嘘になるけど、そうじゃない時だってある。今回だって試してみなきゃわかんないだろ」

「………」

「少なくとも、元は死ななかった赤ん坊なんだぜ？　風見の過去を変えたせいで、代わりに事故に巻き込まれて赤ん坊が死んだんだ。お前なんとも思わないのかよ」

千歳君が言うように、死なないで済んだはずの命――月子ちゃんを守るのと引き換えに、私が殺してしまった命が確かに、一つ、ある。何も思わないはずがない。

「――ああ、なんだよ。別にお前が悪いって言ってる訳じゃないんだって」

罪悪感で押しつぶされそうになって俯いてしまった私に、千歳君が慌てて言った。

「心配するなよ。もし俺が岬でも、きっと同じことをした……まあ、そういうのがもうダルいから、他人にできるだけ関わりたかないんだけど」

「うん……」

千歳君は多分優しい人だ。言い方はストレートでちょっと乱暴だけど、言葉の端々(はしばし)からそれを感じる。

そして優しいのと同じくらい、現実主義なんだと思う。

私もいつか、そんな風に色々なことを達観し、割り切って生きていけるだろうか……。

「とにかく。俺は岬が変えた時間に気がついた以上、お前がなんと思おうと、時間をもう一度変えに飛ぶ。苦しんでいる人がいるのをわかってるからだ。岬が嫌だって言うなら、俺は一人でもやる」

「だったら一人――」

「はぁ？　馬鹿か？」

だったら一人でやって欲しい、と言いかけた私を、千歳君が乱暴な言葉で遮(さえぎ)る。

「お前にわざわざ確認してんのは、また風見が死ぬような未来にならないように気を遣ってんだよ」

「あ……」

そうか……やろうと思えば、彼は自分一人で過去に『渡す』人を見つけて、未来を変えられる人なんだ。

「でも……未来はどんな風に変わるかわからない」

「今より酷いことなんてあるかよ。それにもしそうなったら、むしろ過去を変えやすくなるんだよ。別の犠牲者だとか、そいつらの家族を使えるようになる」

過去に飛べるのは一人一度だけ。でも今よりもっと悪い結果になれば、それだけ過去を変えたいと願う人が増える——現実主義者の千歳君らしい、割り切った考えだと思った。けれど……私はぞっとした。

「そ……そんなの、本当に正しいことには思えない」

過去が変われば、それまでの未来はなかったことになるからって。

「いいんだよ。何回変えたって関係ない。最終的に残った方が本当の未来だ」

「…………」

時守のルールは人それぞれだって、日暮さんが言っていた。

私は時花さんのルールしか知らない。月子ちゃんのことがあったから、彼女が正しいのだろうと感じているけれど、こうやって自信たっぷりに言う千歳君を前にして、色々なことがわからなくなりそうだった。

でも一つだけはっきりしていることがある。

「……時間を変えて、本当に月子ちゃんがまた事故に遭ったりしない？」

「だから、そうならないように、お前にわざわざ声をかけてんだって」

イライラした調子で千歳君が言う。私は覚悟を決めて——或(ある)いは諦めて——深呼吸を一つした。

「それで、どうしたらいいの？」

「まあ、まずは何があったか聞かせろよ。お前と、風見のやり直した過去のことを」

そうして私は、辺りが夕暮れの色に染まるまで、千歳君に全部を話した。

小さかった頃帯広で弾いた曲のこと、エンデの本、白い幸運のドラゴン、サンドウィッチと林檎（りんご）、私が大好きだった月子ちゃんと、竜太さんのことを。

2

翌日の放課後、私達はまた公園で作戦会議をしていた。

千歳君が用意してくれたのは新聞の記事で、今回亡くなったのは事故を起こした車の運転手さんと、ベビーカーに乗った赤ちゃんだと書いてある。

もう一人、会社員の男性が意識不明の重体らしい。

事故後の現場の写真には、ぐちゃぐちゃに飛び出した紙おむつやガーゼハンカチと大きめのトートバッグ、無残に潰れてめちゃくちゃになってしまった、近くのケーキ屋さんの箱が写っている。

被害を免れたクリームでできた白い花と砂糖菓子の赤ちゃんが、なぜだかくっきりと目に焼き付いて、怪我をした人が写っている訳じゃないのに、私は息が止まりそうになってしまった。

「会社員の方は風見の時には結局亡くなってるから、もしかしたら助けられない人かもしれない」

千歳君が呟いた。

「神さまの帳尻あわせ？」

「帳尻かどうかはわからないけど。生き死にだけじゃなくて、たとえば未来が変わって縁が切れたはずなのに、また出会ってしまう相手がいるんだ。運命だとかそんな陳腐な言葉は好きじゃないけど、時間では断ち切れない縁や変えられないものはある」

そう千歳君が言うのを聞いて、私は改めて、彼はいったい何回過去に飛んだのだろうかと思った。それに――。

「でもよく覚えてるね、過去を変える前の事故のこととか」

「そりゃまぁ……クラスメートが死んだ事故だから、ニュースは嫌でも記憶に残るだろ」

「あ……」

少し言いにくそうにする千歳君を見て、私は自分の質問に傷ついた。

「それに事故とか、事件とか、災害とかそういうのはできるだけ覚えるようにしてるんだ。全部の被害者を救おうだなんて思っていないけど」

「救う場合もあるんだね。どういう基準で選んでるの？」

「………」

その質問に千歳君は、少し眉を顰め、腕を組んで黙った。

「千歳君？」

「上手く言えないけど、なんか……そういう『風』が吹くときがある」

「風？」

「本当の風じゃないけど、なんていうか――」

どうやら本当に上手く説明できないみたいで、彼はしばらく私と顔を見合わせた後、諦めたように、『まぁ、そういうもん』と曖昧に話を終わらせた。

「うーん……前に時花さんが、『お節介な南風』の話をしていたけれど、そういうことなのかな？」

「シラネ」

相変わらず、時花さんの名前が出ると千歳君はそっけない。

じゃあ今回の事故でも、そういう風が吹いたってことなのだろうか。

「だから、まぁ……できればこの会社員も救いたいけど、俺たちが今回の『渡り』でやるべきことは三つ。一つは赤ん坊と母親を守ること、できれば被害者は最小限に抑えること、そして風見を巻き込まないことだ」

簡単に言うけれど、どれもとても難しいことなんじゃないだろうか。

「だったら……やっぱりその赤ちゃんのお母さんと一緒に、過去に飛ぶってことだよね」

「そうだろうな。運転手の遺族が本当は一番いい。事故が起きないように。でも運転手は二回とも亡くなってるから」

死の中心地に近づきすぎるのは、あんまりいいことじゃないと千歳君が言った。

「俺達の命に危険がある場所に、俺達は渡れない。でも時々——死なない程度に酷い目に遭うことはあるって、前に言われた」

「時花さんに？」

「いや、犬の方」

犬……看板犬のモカを連れた日暮さんのことだろうか。

「それにちょっとしたことで未来は大きく変わってしまうから、変える部分はできるだけ少ない方がいい。だから今回は、赤ん坊の母親を訪ねて、彼女を事故現場に行かせないように過去を変えたい」

「でも……その人がどこにいるかわからないよね」

「ああ、それはもう調べた」

「え？　どうやって？」

戸惑う私に、千歳君があっさりと言った。

「まぁ今はＳＮＳとか、地元ＢＢＳとか……あと昔ながらの新聞のお悔やみ欄とか。そういうのを調べれば、けっこうわかる。他にも近くのコンビニやスーパーの、お節介そうなレジのおばちゃんに話を聞くとか」

大きな事故や事件であれば、それだけ被害に遭った人も見つけやすいんだって、千歳君は言った。

「……いつもそんなことをしてるの？」

「いつもではないけど、必要があれば」

「一人で？」

「時守がそう何人もいるかよ」

それはそうか……。

自分はタセットの二人におんぶに抱っこなのに、一見私より年下にだって見えそうな千歳君が、とてもたくましく、頼もしく思える。

「でも……危険じゃないの？」

「もし危険だとしたら、それが俺の運命なんだろ」

「どうしてそこまでするの？」

その質問に、千歳君は私を一瞬だけ睨(にら)んだ。

「そんなことより、日が暮れる前に早く行こう。こういうことは一日でも早いほうが良いんだ」

「なんで？」

「心の傷口がまだじくじくしてる方が過去に渡りやすい。それに——あんまり悲しい事故や事件の時は、関係者が自殺することがある」

「………」

「まあ、そういう場合は、今度はその人の遺族の時間を使えたりするんで、逆にチャンスが増えることもあるんだけど」

千歳君があっさりと言ったので、私はそれ以上質問するのをやめた。

彼のこういう部分は、どうしても好きになれない。


そうして私達は、千歳君が探し当てた住所を頼りに、事故の被害者――赤ちゃんのお母さんの家に向かった。

赤ちゃんの名前は『鹿島れな』ちゃん、お母さんは『鹿島紗友里』さんというらしい。

今はネットで簡単に街並みの画像が見られるので、私達はほとんど迷うことなく鹿島家にたどり着いた。

三軒続きのまだ新しめなテラスハウスだった。どの家が鹿島家かまではわからなかったけれど、幸い三軒とも表札が出ていた。一番左側が、目的の鹿島さん宅だ。

「来ちゃったけど、どうするの？」

「俺が適当に上手く言うから、お前は無理に話さなくていい。俺の邪魔をしないで、必要な時だけ話を合わせてくれたらそれで」

「え……」

そんなに上手くいくだろうか？　もうちょっとしっかり決めなくていいのかな？　と不安になったけれど、さっさと千歳君がインターフォンを鳴らした。

応答はなかった。

「この時間だから、夕飯の買い出しとかかな」

特にがっかりした様子もなく千歳君が言った。

「……不思議だよね、悲しくても、辛くても、お腹は減るの」

「不思議か？　生きてるんだから、当たり前だろ？」

はぁ？　と千歳君は怪訝そうな顔をした。でも私は確かにそう感じたんだ。自分の事故の後。そして月子ちゃんを失った後に。

「それより、どうするの？　今日は帰る？」

「うーん……」

「元々家にいないのかもよ？」

まだ事故から日が浅いので、実家に帰ったりしているのかもしれない。また日を改めた方がいいんじゃないだろうか？

このまま帰ってしまいたい気持ちもあって、私はそう言った。

「住宅街だし、不審がられても困るしな」

千歳君も納得したようだったので、ほっとして引き返そうとすると、千歳君の動きが止まった。

彼の視線の先では、エコバッグを下げた女性が、私達を不審そうに見つめていた。

「鹿島さん、ですか？」

「そうですけど、何か？」

女性は二十代後半だろうか、時花さんと変わらないくらいの年齢で、とてもほっそりとしていた。

いや、げっそりと言った方がいいかもしれない。喉元にくっきりと筋や骨が浮かび上がっている感じだとか、手首の細さが心配になるほどだった。

髪も後ろでひとまとめに縛っているだけ。なんとなく普段はもっときっちりした、綺麗な人なんじゃないかなって思う。

足元のスニーカーは履き慣れた感じなのに、汚れてなかったから。

「あの……実は僕達、あの事故の日、現場にいたんです」

「……そう」

鹿島さんは切り出した千歳君ではなく私を見た。

「それで……その……もしご迷惑じゃなかったら、手とか合わせたいなって」

神妙な顔で千歳君が言ったので、私も慌てて悲しそうな顔をしてみせた。鹿島さんの目は私の左手を見ていた——あの時からいつも包帯を巻いている、ピアノを弾けなくなった左手を。

「そうなの……今この家にあるのは写真だけなんだけど、それでも良かったらどうぞ、上がって」

「え?」

「位牌（いはい）や遺骨は、全部夫の実家の方なのよ」

だから仏壇もないの、と鹿島さんは言った。

私達の目的は手を合わせることじゃない。でも千歳君には考えがあるのだろう……お言葉に甘えてお邪魔させてもらった。

小さな祭壇は、シャーベットグリーン色のカラーボックスの上にあった。

そこには写真館で撮影したと思（おぼ）しき、『祝百日』と書かれた白い紙枠の写真を中心に、ガラス製の写真立てに入った家族写真や、デジタルフォトフレームが置かれていた。

そしてカラフルなシリコンかビニールでできた、柔らかそうな網目状のボールが一つ。小さなひまわりが一輪。

「まだ離乳食も始まっていなかったから、供えてあげるものもあまりなくて……」

百日のお祝いをした翌日だったの、と彼女は寂しげに言った。

私達はなんと言って良いかわからなくて、結局黙ったまま写真に向かって行儀良く手を合わせた。

そっと盗み見た千歳君の表情はすごく真剣だ――彼の気持ちはなんとなくわかる。

そして私は罪悪感と、使命感に駆り立てられた。

こんな小さな命だったんだ。

絶対にこの子に未来を取り戻すんだ。

「珈琲でも淹れましょうか」

不意に声をかけられ、我に返った私達が顔を見合わせると、「あ、そうよね、まだ珈琲って年齢じゃないかな」と彼女は苦笑いする。

「じゃあ紅茶でいいかしら？　お砂糖をいれたミルクティーなら大丈夫？」

「あ！　いえ、お気遣いなく！　なくても大丈夫ですから！」

慌てて千歳君が言ったので、私も頷（うなず）いた。

本当は無性に、タセットのあの甘くてほろ苦いラテが恋しくなっていた。

「いいの、気にしないで」

彼女は私達をソファに座らせ、結局紅茶を淹れてくれた。その紅茶は赤くて綺麗で、とても良い香りがする。

ミルクとお砂糖を用意しながら、鹿島さんはまた私を見ていた。

「二人は怪我は大丈夫なの？」

「そんなに酷くないので……」

「それは本当に良かったわ……ご家族も心配なさったでしょうに」

鹿島さんが視線を下げ、心から絞り出すように言う。胸がズキンと痛んだ。

「ごめんなさい」

気がついたら、謝っていた。この間の事故で左手を怪我したと勘違いさせたまま、嘘をついて、被害者のお母さんに気を遣わせてしまった自分が許せなかった。

「そんな……いいのよ。一人でも無事である方がいい。事故を起こした人だって、きっとそう思ってるわ。本当は誰一人傷つけたくなかったでしょうから」

事故の原因は、運転手の男性の急病――新聞にはたしか大動脈解離と書いてあった。まだ若い三十代の男性だった。普段の健康状態にも問題は見られなかったらしい。

「予期せぬ病気だから……仕方ない、ですか？」

「ええ」

千歳君の問いかけに鹿島さんが頷いた。彼女の答えを聞いた千歳君は、なぜだか急に顔をしかめた。

「……随分、優しいんですね」

「そうかしら？」

「ええ……なんていうか……」

「まるで他人事みたい？　当事者じゃないみたいだって思ってる？」

「…………」

はっきりと鹿島さんに言われて、千歳君は言葉を失ったようにきゅっと口を結んだ。

「いいのよ……私ね、本当はそんなに、悲しくも、辛くもないの」

鹿島さんは怒りもしないで、逆にふふ、と微笑んだ。

「……え？」

「勿論事故はショックだったわ。だけど——今一番私が感じているのは『安堵（あんど）』なの」

カップに唇を寄せ、鹿島さんは少しだけ黙る。笑顔は張り付いたまま——それは泣いているようにも見えた。

彼女は紅茶を一口飲んで、驚く私達に切り出した。

「私ね……ずっと産後鬱（うつ）だったの」

＊

れなが生まれてから、ずっと産後鬱だった。

ううん——周りにそう言われていただけで、本当は違うと思う。そういう一時的なことじゃなく。

ホルモンバランスだとか、ストレスだとかそういうことじゃなくてね……私、単純に母性がないんだと思うの。

いつまでたっても、娘が可愛く感じられなかったわ。

どんなに可愛いお洋服を着せてもね？　買うのは楽しくても、着せる時はちっとも楽しいとも、可愛いとも思えないの。

写真は好きよ。写真の中のれなはとっても可愛いのに、本物のれなを見ると気持ちが冷めた。毎日何をしても泣き止まないあの子が、私には怪物みたいに思えたわ。

育児が嫌で、ずっとずっと、れなのことが嫌いだった。

私は一年育児休暇を取っているし、夫は仕事が忙しいから帰りが遅くって、毎日何時間も娘と二人きりなのが、苦痛で仕方がなかったの。

『だったらなんで子供を産んだんだ？』って思うでしょ？

でもね、よその子供は可愛いと思うし、動物だって好きなのよ。だからまさか自分の子供が、こんなに可愛くないなんて思わなかったの。

ううん、むしろこの世で一番可愛いんだろうなって思ってた――でも、そうじゃなかった。

女がみんな聖母じゃないのは当たり前――だけど、それでも子供が生まれれば、だんだん可愛く思えるように女性の体は作られているんだって聞いていた。

なのに。私はそうじゃなかった。

だから娘との生活は毎日ただ辛くて、苦しくて、がんじがらめだった。

心と頭はからっぽなのに、時間だけが粘土みたいに隙間なく詰まっていて、私はぺしゃんこになりそうだった。

夫はね、私とまったく逆で娘のことが大好きで……仕事は忙しいけれど、それでも帰ってきたらできるだけ子供のことをしてくれるし、頑張ってくれたの。

休みの日は全部子供のために費やしてくれるような、そういう優しい人なのよ。

産後落ち込みやすくなった私を、たくさん気遣ってもくれたわ。

彼は私とれなを愛してくれていた——だからこそ、多分彼は、私のこの気持ちに気が付いたんだと思う。

二人の間の決定的な温度差に。

私が産後だから、一時的に不安定になってる訳じゃけっしてないことに。

私がまったくれなを愛していないって。

＊

「そうして、事故が起きたの」

鹿島さんがひゅう、と息を吸った。

「わざとなんかじゃなかったわ。その瞬間は本当に、怖くて体がすくんで動けなかった。私も死ぬんだと思ったわ——自分を守るどころか、そもそも指一本も動かなかったの」

だけど、と鹿島さんは目を伏せた。

鹿島さんは、本当にただ動けなかっただけだ。それは私もよくわかる——私も自分の事故の瞬間は、まるで悪夢か金縛りみたいに、体を動かすことができなかったから。

でも鹿島さんの旦那さんは、それを信じなかったのだ。

夫は悪くない、と彼女は言った。

ただ愛娘(まなむすめ)を失ったショックと悲しみが、あんまり深すぎただけなのだと。

娘と同じ場所にいたのに、たいした怪我もなかった妻――我が子を愛していない妻。

今までは気が付いていないフリをしていたことが確信に変わった彼は、どうしても鹿島さんを許せなかった。

「でも、優しい人なの。私と争いたかった訳じゃない。実際に、言い合ったりもしていないの――ただ、彼は去って行っただけ」

愛娘の思い出が詰まった場所で、娘を死なせたかもしれない妻と一緒に暮らすことができないのは当然だろう。

彼はこの家に鹿島さんを一人残し、位牌や遺骨も含めて、我が子の思い出の品をすべて持って実家に戻ってしまったそうだ。

「彼は深層心理がどうの、本心がどうのって――本当に子供を愛していたら、身を挺(てい)してでも子供を救ったはずだって、そう言ったわ。だから夫の中では、娘を殺したのはあのドライバーじゃなくて私なの。私が悪いのよ」

「そんな……そんなのおかしいです」

亡くなったドライバーを責めることはできないかもしれないけれど、だからって鹿島さんを責めるのは筋違いだ……。

「いいや……仕方ないのかも。人は受け止めきれない悲しみに押しつぶされた時、何かを憎まないと生きていけないから」

ぽつりと、千歳君が言った。一瞬鹿島さんは驚いたように千歳君を見たけれど、すぐに納得したのか頷いた。

「そうなのかも……それに私も、それでいいと思ってるの。私を恨むことで、夫が少しでも楽になれるなら」

そんな悲しい解決法があるだろうか？

いつの間にか顔をしかめてしまっていた私に、鹿島さんは優しく言った。

「いいの、心配しないで。あの子が死んで、夫も出て行ってしまって、私、今は毎日一人なのに――今、毎日がただ静かで、穏やかなの」

「でも……」

「本当にそうなのよ。今は誰かの目に怯えることも、どうして私は……ってSNSで他人と比べて息苦しくなることもない。毎晩ぐずって眠ってくれないあの子を抱いて、私も泣かないで済むの……だからこれで良かったのよ、きっと。私は母親になるべきじゃなかったの。酷い母親だったの」

夕暮れが近づいてきた。窓から赤く明るい光が差し込む。

マグカップの影がくっきりテーブルに浮かぶ、静かで空っぽのリビングで、鹿島さんがまた微笑んだ。

3

鹿島さんのお宅を後にして駅まで向かう間、私達はただ黙々と歩いた。

空は赤く、濃い色の夕陽に染まっている。胸がざわざわする色だ。

私は俯き加減で斜め少し後ろを歩く、千歳君の暗い表情を見る。

「悲しい人だったね」

「…………」

返事はなかった。顔を上げてもくれない。

「私も事故の時は動けなかったし、鹿島さんは悪くないのにね」

だから独り言のように呟いた。

「恐怖で体が固まるのは、生物の本能的な反応なんだ。野生動物は攻撃を受けた時、動かない方が生存率が上がるんだって。これは脳の大脳辺縁系（だいのうへんえんけい）の原始的な反応だって聞いた」

唐突に千歳君が難しいことを言い出したので、思わず私の足が止まる。

「……くわしいね」

振り返って言うと、千歳君は少し困ったような表情で顔を上げた。

「死んだ父さんが、大学でそういう研究をしてた」

「…………」

咄嗟に返せなかったのは、『死んだ父さん』という言葉が、私の心に刺さってしまったからだ。

そんな私に苦笑いをした後、千歳君は「行こうぜ」というように、私を促して先を歩き始めた。

「……小一の頃、家族でスキーをしにいった時、ボーダーとスキーヤーの衝突事故を見たんだ。本当に目の前で。俺は無傷だったけど、真っ白な雪が血でみるみる真っ赤にとけだして――自分も怪我をしたみたいにショックで、しばらく動けなかった」

「うわ……」

その光景を想像するだけで、ぞっとして体が震える。

「だからもう、スキーなんか怖くてできないって思ったんだけど」

「それはそうだよ」

「うん。でもそうしたら父さんが『ここで怖いままだと、一生怖い記憶としてお前の中に残る』って言ってさ。それから毎週二～三回、藻岩山のナイターに連れて行かれて……気がつけば平気になってた」

「す……すごい荒療治だね」

「大脳辺縁系は海馬とか、記憶に作用する部分も含まれてるから、恐怖がトラウマになることもあるし、経験を重ねることで、恐怖を克服することもできる。危険な状況でも動ける人間がいるのはそのせいだ」

「恐怖を、克服……」

「たとえば一歩間違えば死ぬかもしれないようなスポーツを、平気でやってる人達がいるだろ？」

彼らは恐怖を克服しているから、体がすくむことなく冷静に、高みを目指すことができるのだという。

「でも普通はやっぱ無理なんだよ。命の危険が迫る状況で、あの人が動けないのは仕方ないことだったんだ」

そこまで言って、彼は短く息を吐いた。

「だとしても本人があの調子じゃな……優しい人だと思ったのに」

更にもう一つ深く長い溜息。彼の大きな失望が嫌というほど伝わってくる。

「……そういう人もいるよ、きっと。『優しいお母さん』だって人それぞれだよ」

鹿島さんを庇うように言った私に、千歳君が不本意そうな顔をした。

「そうか？」

私のお母さんは、宇宙人みたいだよ——と、喉まで出かかった言葉を飲み込む。

お母さんは優しくて一生懸命な人だけれど、私の言葉がいつも通じない。

「千歳君のお母さんは優しいの？」

代わりにそう聞いてみたら、千歳君は更に眉間に深い皺を刻んだ。

「覚えてない。俺、ずっとばあちゃんと二人暮らしだから」

「そうなんだ……」

「うん。俺が小三の頃、無理心中したんだ。父さんが殺した。俺が学校に行ってる間に」

「え……？」

冗談でしょう？　って一瞬聞き返したくなった。千歳君の声があんまりあっさり――そう、心をどこかに置いてきたような、dolente（悲しそう）でも、con sentimento（感情的）でもない、平坦な音だったから。

「………」

千歳君の顔には、冗談を言っているような意地悪さや笑みはない。声と一緒でなんにも窺（うかが）えない。心が見えない。でもだからこそ本当のことなんだってわかった。

「ごめん……なさい」

「なんで岬が謝る？」

困ったように千歳君が苦笑する。

「う、ううん、でも……」

知らなかったとはいえ、私は無神経なことを言ってしまった。

「別に気にしてない。ぶっちゃけあんまり親のこと覚えてないし。これも多分、俺の脳が忘れさせたんだと思うけど。でも覚えてなければ、思い出すこともないからさ。脳みそってけっこう都合良くできてるよな」

なんてことないようなそぶりで千歳君は言ったけれど、『それなら良かった』なんて言えない。私は返答に迷った。

「じゃあ、覚えてるのはスキーのことだけ？」

悩んだ末にそう言うと、彼は少し悩むように空を見た。

「うーん……他にもちょこちょこ、まったくないわけじゃないけど、はっきりした記憶は多くない。あと……覚えてるのは、親が死んだ日の朝、父さんがすごく優しかったこと——だから変だって思ったんだ。胸騒ぎがしてたのに、でも俺は何もしないで、そのまま学校に行った」

「………」

「仕方ないって言われても、俺の中では『仕方ない』ことにはできなかった。だから決めたんだ。自分を許してやる代わりに……俺は自分が後悔するようなことは、もう絶対にしないんだって」

燃えるような夕陽を背負った千歳君は、そう私にきっぱりと言った。

「俺は岬が時守だって気がついてたのに、岬が風見を助けるまで何もしなかった。そのせいで赤ん坊が死んだ。俺がやってたら、もっと上手く風見を救えたかもしれないのに。赤ん坊が死んだのも、俺が見過ごしたせいだ」

「そんな！　千歳君は悪くないよ！　私のせいなんだから！」

これは私の問題だったはずだ。

「違うんだよ。誰かのせいだとか関係ないし、これは善悪の話じゃない。問題は俺の気分が良いか、クソかの話なんだよ！」

「え？」

私の頭の中で、シンバルが鳴った気がした。

私は心のどこかで過去に渡ることは、もっと厳かで、運命的で、特別なことだと感じていた。

でも……こんな利己的で独善的な独奏をする人がいることに、目の前がチカチカした。

「だって一生後悔して生きるなんて絶対嫌だ。力があるのに、使わないなんて馬鹿だ。後悔なんてものは……もうたくさんなんだよ」

「う……うん、そうだね」

その気持ちは私にも痛いほどわかった。私達には変えられる過去と、絶対に変えられない過去がある。だからこそ、後悔して終わるのだけは嫌だと、強くそう思うのだ。

「でも……今回はもしかしたら、このままの方がいいのかな」

それなのに急に弱気になったように、千歳君が呟いた。

「あの人には、今のままの未来の方が幸せなのかもしれない……」

まるでいじけたように千歳君が言う。さっきの威勢はいったいどこに行っちゃったんだろうか。

「……善悪じゃないんでしょ？」

「え？」

「鹿島さんがなんと言おうと、千歳君は関係ないんじゃないの？」

「そ……それはまあ、そうだけどさ」

「私達は神さまじゃないし、神さまの前では蟻と同じなんでしょ？　神さまや誰かのためじゃなくて、千歳君の気が済む方法を探せば良いと思う――違う？　それに私は……やっぱり嫌だ。このままにしておくのは」

事故現場の写真や、あの質素な祭壇に飾られた小さな笑顔を思い、私は一生忘れられずに悔やみ続けるだろう。

「でももしあの人の子供を生き返らせたとして、今度は虐待だとか、そういう未来に向かったら胸くそ悪い」

不安そうな声が返ってきた。

「そうだけど……全部が全部、鹿島さんの本当の気持ちじゃないかもしれない」

「え？」

「私、ピアノがこの世で一番嫌いだって思ってた。毎日辛いって。だけど同じくらい大好きだったの」

思うようにいかない時、失敗した時、いつの間にか『ピアノなんて大嫌い』を、上手くいかないことの理由にしていた。

嫌いだからできない。嫌いだから仕方がない。嫌いだから、ピアノが大好きな人達みたいに上手にできないんだって。

「赤ちゃんが死んで良かったって、本気で思ってるかどうかなんてわかんないよ。もしかしたら、本人にだってわかってないんじゃないかな」

「でもあの人は確かに――」

「大事なものを失うと、心が壊れちゃわないように、普段と違う動きをすると思う――例えば『指を怪我して、もうピアノは弾けなくなったけど、これで良かったんだ』とか」

「…………」

今ははっきりと思う。私はやっぱり怪我なんてしたくなかった。しちゃいけなかったんだって。

「あの人もきっと辛すぎて、『今』に理由をつけないと生きていけないだけだよ。それに本当に良かったと思っていたら、私達を家に入れてあんな話をしたりしないんじゃないかな。自分の気持ちを言葉にして、誰かに聞いてもらって、それを『本当のこと』にしたかったのかもしれない」

あんなにいっぱい写真を飾って、愛がこもってなかったなんて思えない。

事故現場で潰れていたケーキだって、きっと前日の百日のお祝いに買ったのだろう。

可愛いクリームのお花で一杯のケーキ。小さなボール。次々と写真が変わるデジタルフォトフレーム。

ひとりぼっちの寂しい部屋は、自分を罰するためなんじゃないだろうか。自分自身を恨むために。

「ピアノはね、時には大げさな演奏をしなくちゃ伝わらないの。彼女の告白は私にはそんな風に聞こえたの」

わざわざ自分が悪い親だったなんて言わなくて良いはずだ。あの人は間違いなく被害者なんだから。

「たとえあれが本心でも、悲しむフリをすればいいのに、そうしていないのは自分が許せないからかも。だとしたら本当に後悔してないなんて思えないよ」

千歳君は黙って私の言うことを聞いていた。彼の私を見る目が、少し変わった気がした。

それでも彼は困ったように、溜息をまた一つ洩らした。

「……とはいえ、だ。あの人の時間を使うのはちょっと難しそうだ」

『渡し』には、後悔していることをやり直したいという本人の意志が何より重要だ。鹿島さんを過去に渡すには、説得の時間がもっと必要だと思う。何か別のアプローチが必要かもしれない。

「じゃあ、他の人を探す？」

「そうだな……他に過去に戻りたい人間——例えば鹿島さんの旦那とか……もしくは、

もう一人の犠牲者である会社員？　今回も生死をさまよってて、どっちにしろ家族は助けたいって思ってるだろうから」

確かに鹿島さんの旦那さんは、過去に飛ぼうとしてくれるかもしれないけれど、さすがに旦那さんの実家の場所までネットで探すというのは難しい。鹿島さんから聞き出すのも簡単ではなさそうだ。

会社員さんは、前回も被害に遭っているとはいえ、今回も亡くなってしまうとは限らない。彼を救うことで過去を変えられる可能性はまだ残っているだろう。

とにかく色々あたってみるしかない……という結論になった。

どっちにしろ、今日はもう家に帰らなきゃ。

「意識が戻ってたら良いんだけどな」

帰り道、千歳君が呟いた。

「助かる人だったら良いね」

「うん。でも……たまにいるんだよ。もうそこで時間の道が途切れてる人間が。そういうやつは、どう未来を変えても、必ず死んじゃうんだ……それを知るのは毎回悲しい。何度も何度も、それを悲しむ人と会って、失望するのを見るのは」

「……千歳君って、意地悪なフリしてるけど、優しいね」

寂しそうに呟く千歳君を見て、思わず私の本音が洩れた。

「ああ？　フリってなんだよ。これが素だよ」

「そうかな」

『希望』と『失望』が隣り合わせなのが未来だし、二つが重なっていたり、『絶望』の時もある。変えられることも、変えられないこともある。時には何かを犠牲にしたり、諦められるように割り切らなきゃダメだ。結局、未来の結果がすべてだから」

悪者になること、嘘つきになることも、場合によっては必要なんだ。私も頭ではわかる、わかるけど――。

「……できるなら、未来は『希望』だけがいいな」

私がぽつりと呟くと、千歳君がフフンと笑った。

「岬は見た目通りガキだな」

「見た目通りは余計でしょ⁉」

自分だって小さいくせに、なんて失礼な！　優しいなんて前言撤回。

やっぱり私、千歳君のことは好きになれそうにないな。

4

「じゃあ、俺、調べてみるわ。明日の放課後、今度はその会社員絡みで動いてみようぜ」

……と解散したその夜、交換した連絡先に、すぐに千歳君から連絡が来た。

『例のリーマン、結局今朝亡くなってて、明後日告別式だって……』

神さまは時々、残酷な帳尻あわせをする。

時花さんが言っていた言葉だ。

千歳君も言っていた。どうしても必ず、死んでしまう運命の人がいるって。

神さまの理不尽な選択。

もし私が時守じゃなくて、過去に戻れるとしたら、この傷はなかったことにしてもらえるだろうか。

そんなことを一晩中考えた。繰り返し、繰り返し。

昇る太陽と沈んでいく月は音を立てない。

朝は静かにやってきて、私は結局ほとんど眠れないまま学校へ向かった。

千歳君は学校では相変わらず他人行儀だった。

「おはよ」って声をかけた私を一瞥（いちべつ）するだけで、何も言わないなんてちょっと酷くないだろうか……。

それならばと私も彼を無視するようにしていたら、つっこちゃん――風見さんが心配そうに「どうしたの？」と聞いてきた。

「何が？」

「うん。なんか千歳君と喧嘩したみたいだったから」

「そ……そんなことないよ！　元々そんな仲良くないし！　滅多に話もしないし……」

「ああそっか。だよね」

ごめんね、変なこと聞いて……と、風見さんは困ったように言って、気まずそうに私から離れていった。

つっこちゃんにはわかるんだ……と、私は胸が熱くなった。

でも今の世界で、私は風見さんとは親しくない。

どうして風見さんは普段と違う私に気がついたんだろう……。

学校が終わり、『知らんぷり時間』が終わった私は、歩きながら千歳君に尋ねた。

「うん。未来が変わっても、前のことを覚えてたりするのかな？」

「え？　記憶？」

「いや……それはない。存在しない時間になるはずだから」

彼は首をひねりつつ答えてくれた。だったら風見さんはどうして？

私の疑問を打ち明けると、千歳君は「そんなの簡単」と笑った。

「それは単純に、風見が普段からお前を気にかけてるってことだろ？」

「え？」

「それにそもそもお前と風見はフィーリングが合うんだろ？　いい加減に風見とまた仲

良くなりゃいいよ」

「……そんな、嫌だよ」

千歳君があんまりあっさり言ったので、私はムッとした。

「なんで？　お前だって風見のこと好きなんだろ？」

「だからでしょ。千歳君だってクラスに友達作らないじゃない……」

「まぁなあ」

誰かと親しくなったとして、未来を変えた時、その人を失うことになったら辛いから。

神さまは、私達時守から思い出までは奪えない。思い出は、いつまでも心に根を張って、時々私を幸せにしたり、苦しめたりもする。

私だってできることならまたつっこちゃんと、何時間もくだらないおしゃべりがしたい。

「……でも、俺と岬は違うと思う」

「何が？」

「俺は別に一人で寂しいと思わない。一人でも毎日十分楽しいから。でも岬はそうじゃないなら、俺と同じようにする必要はないんじゃないのか？」

「…………」

それだけ言うと、千歳君は私よりも数歩先を歩き始めた。

向かう先はお通夜のある斎場だ。白石区の方なので、一度地下鉄の東豊線で大通駅まで行って、東西線に乗り換えなきゃいけない。

亡くなったのは、今村紀彦さん。三十七歳の男性で、お通夜には多くの弔問客が訪れていた。

「お香典とかなくて大丈夫かな……受付でなんて言うの？」

「心配しなくても俺達はガキだから、中に入る大人に紛れていけば大丈夫だって」

千歳君は余裕綽々だったけれど、私がおどおどしてしまったせいだろうか。

「あ、ちょっと！」

大人の背に隠れるようにして中に入ろうとしていたところを、受付をしていた女性にしっかり止められてしまった。

「親御さんは一緒じゃないんですか？　あの……紀彦君とはどのような……」

女性は怪訝そうに私達を見ている。

「ええと……」

「この子達もあの日、事故現場にいたんです」

その時、私達の後ろから誰かが声を掛けてきた。

「あ……鹿島さん……」

受付の女性は、はっとしたように席を立った。

「え？　あ、ちょ、ちょっと待っていてくださいね！」

さすがに今村さんと同じ事故に遭って、赤ちゃんを失った女性のことは、受付の女性も覚えていたらしくて、席を立ち、誰かを呼びに行ってしまった。

「すみません……助かりました」

千歳君が礼儀正しく頭を下げると、鹿島さんは苦笑いして首を横に振った。

「いいのよ。でもご両親は一緒じゃないの？　もしかして……事故のことも話していないの？」

普通の親なら、子供達だけでお通夜には行かせないだろう。

「祖母が親代わりなので、余計な心配かけたくないんです」

返答に悩む私を尻目に千歳君が言った。

「あ……ごめんなさい、そうだったの……気持ちはわかるわ」

幸い鹿島さんもそれで納得してくれたので、ほっとして、私はお通夜の会場を見回した。

「……お友達の多い方だったんですね」

「本当ね……」

鹿島さんも頷いた。今村さんは人望のある人だったんだろう。年齢もバラバラな男女が弔問にたくさん来ていて、みんな本当に悲しそうな表情をしている。

「鹿島さん……」

その時、六十歳くらいの老夫婦が、私達の所にやってきた。

「この度は……ご愁傷様でございます」

鹿島さんが頭を下げたので、私達も慌ててそれに倣った。どうやらこの人達が今村さんのご両親みたいだ。

「ああ、おやめになって」

女性が鹿島さんに手を差し伸べて、顔を上げるように言う。

「貴方だってお辛い時期でしょう。お嬢さんのご葬儀でお会いした時より、そんなに痩せてしまって……」

痛ましそうに女性が言った。言われてみると、鹿島さんの喪服は全体的に体より大きく目に見えた。胸元が少し浮いていて、鎖骨がくっきりと影を作っている。

「もし辛い時は……いつでも連絡してくださいね。お話ししましょう」

両目に涙をためながら、女性が鹿島さんの両手をぎゅっと握った。同じ、『我が子を失ったお母さん』という立場だから、分かち合える痛みもあるんだろうか。今村さんのお母さんは、鹿島さんのことも本当に心配しているようだった。

「お心遣い痛み入ります」

鹿島さんの表情は凍ってしまったようで、その顔には怖いくらいに何も浮かんでいない。

「わざわざいらしてくださってありがとうございます」

今度は今村さんのお父さんが私達に言った。

「いえ……」

「皆さんのお怪我は大丈夫ですか？」

お父さんは、私の手の包帯を気にしているみたいだった。

「ええ、あの……そんなに、酷くはないですから」

その時、多分娘さんであろう女性達が二人を呼びに来て、鹿島さんは彼らと一緒に式場の中に入ってしまった。

入り口に残された私達は、どうする？　とお互い顔を見合わせた。

お線香の香りと、すすり泣きと人いきれの中から、今夜私達は『渡し』を行う人を選ばなくてはならない。

今日すぐに過去に行けなくても、可能性のある人、説得できそうな人と知り合わなきゃいけない。そのために来たんだから。

だけど……こんなに悲しんでいる人達に声をかけるのは、簡単なことじゃない。

「友人が多いでしょう？　みんなバイク仲間なんです」

泣きそうな顔で参列者を眺めていた私に、一人の女性が言った。

「兄は以前からオフロードバイクが趣味で、バイクで崖を登ったり、倒木を飛び越えたり……それを動画サイトで配信していて、とにかく危険な乗り方が大好きだったたんです」

むりやり口角を上げ「だからそんなに悲しんでくれなくて大丈夫」――と、気丈そうに言った女性は、さっきご両親を呼びに来た娘さんの一人だった。

彼女の説明で、弔問客の多さや、その年齢が様々な理由がなんとなくわかった。

「こう言ってはなんですが……兄は元々いつ死んでもおかしくないって、昔から家族みんなでずっと思って覚悟してましたから……まぁ、思っていたのとは、ちょっと違う形だったけれど」

怪我の絶えない人だったからと、彼女は私達と話しながら、どこか別の方向を見ているようだ。

「……友達思いで、怖い物知らずでかっこいいなんて言われてましたけど、家族には最低の兄でした。本当に……いっつもお父さんとお母さんを心配させてばっかりで」

呆れるように言いながらも、微かに妹さんの声が揺れた。そこには愛情と、怒りが混ざり合っているように思った。

「何度か大きな事故を起こして、その度に怪我をして……。そんな感じでしたから、仕事も長く続かず転々として」

「でも、ニュースでは会社員って……」

「そうなんですよ。先月やっとちゃんとした会社に就職が決まったばかりだったのに……しかも事故の日は、一番下の妹が結婚を控えているので、両家の顔合わせをする予定だったんですよ」

悔しげに、妹さんが絞り出した。私達はその話を聞く一方で、この人を過去に誘えるか考えていた。

「志穂は兄と十四歳も離れているせいか、兄に随分可愛がられていたんです。だから一番ショックを受けていて」

「それは……本当にお辛いですね」

でしょ？　と彼女は少し離れたところで、弔問客と話をしている女性を見ながら言った。

青白く、ひどくやつれた印象の女性――きっと、あの人が『志穂』さんだろう。

「こんなことがあったから、式の日取りも考え直そうって……本当に、自分勝手なんだから」

吐き捨てるような声色だったけれど、その唇は震えていた――やっぱり悲しい時、人の心の動きは裏腹だ。この人はお兄さんを悪く言うことで、自分の心を慰めているみたいだった。

私は千歳君を見た。この人なら過去に誘えるんじゃないかって思ったからだ。

だけど彼は小さく首を横に振って――そして志穂さんを見た。悲しみはより深い方がいいのかもしれない。

「だから、兄のことでそんなに心を痛めないで。それより赤ちゃんを失ってしまった鹿島さんの方が大変でしょう？」

「ああ……ええと……はい」

「少しでも……何かしてあげられたら良いんだけど、こういう時って家族ですら、慰めてあげられなかったりするからね……」

彼女は志穂さんの方を見てから、自分の胸をぎゅっと押さえた。その目には諦めがあるようにも見えた。

「でもね、そんな感じだから、本当に悲しまなくて大丈夫。わざわざ弔問に来てくれてありがとうございました」

それから私の肩を労うようにぽんと叩いて、軽く頭を下げたので、私達も会釈を返した。

「まぁ、本人からしてみたらバイクに乗って死ねなかったのは不本意でしょうけれど、遅かれ早かれって感じだったと思うし、兄が誰かを傷つけてしまうような事故じゃなくて良かった！」

努めて明るい声で言って、彼女は他の弔問客の方へ消えていった。

妹さんがいくつも残していった『兄の死を悲しまないで済む理由』……それは、鹿島さんが自分を酷い母親と貶めることに、どこか似ているような気がした。

「……とりあえず、志穂さんと話してみて、だな」

「うん……」

千歳君の表情が硬い。当たり前か。楽しい時間じゃないから。

「大丈夫だよ……きっと、過去が変わるまでだから」

「岬に言われなくても、んなことはわかってるよ」

私が心配してその背中をぽんぽん、と叩くと、千歳君が私を睨んだ。やっぱり千歳君は好きになれない――のは嘘だ。彼の少し赤くなった目を見て、この場に溢れた悲しみに飲み込まれそうになっていた私は、自分を奮い立たせた。私が頑張らなきゃ。

「行こう、千歳君」

「だから、お前が命令すんなって」

千歳君が毒づいたので、私はもう一度彼の背中をぽんぽんと叩いて、その手を乱暴に振り払われたのだった。

5

弔問客と話し終わり、壁に寄りかかっていた志穂さんは、本当に顔色が悪かった。

「大丈夫ですか？」

「ええ……ちょっと、疲れちゃって……」

彼女は私達を「どなた？」というような、不思議そうな目で見た。

「あ……えと、私達、あの日お兄さんと同じ事故現場にいたんです……」

この二日間で何度もついた嘘なのに、声が震えた。

それでも彼女は「ああ……」と私達の嘘を信じてくれたようだったけれど、急に俯いて――そして気分が悪そうに、口元を押さえた。

「ごめんなさい……私、つわりで……ちょっと、外の空気を吸ってきますね」

彼女はそう言って、斎場の外へ向かった。

それは本当なのだろう。同時に私達と話をしたくないという意思表示でもあるように思った――けれど私はそれに気がつかないふりをして、志穂さんと一緒に斎場の外に出た。

彼女は諦めたように斎場前にある、背の高い花壇の端、赤い煉瓦の上に腰を下ろした。

「あの……お兄さんのこと、本当に残念でした」

千歳君がそう切り出した。

「……不思議ですね」

「え？」

「だって同じ日、同じ場所にいたのに、立っていた場所が少し違うだけで、死んでしまう人と、いまでも生きている人がいるなんて……」

志穂さんは私達を見て、どこかぼんやりと呟いた。その目には、昏い怒りのような物がチラチラくすぶっている。

「あ……あの……」

千歳君が返答に困っていた。

そこで志穂さんは、はっとしたように私達に頭を下げた。

「……ごめんなさい、こんなこと言うべきじゃないのに」

私と千歳君は顔を見合わせた。

「い、いいんです！　だって……本当のことですから」

「そんなことないわ……それに危険なことが大好きな人でしたから、家族はみんな覚悟していたんだし……」

もう一人の妹さんと同じことを、志穂さんが口にした。それは、どこか空虚で心のこもっていない響きに聞こえた。

「でも……貴方は覚悟できてなかったんじゃないですか」

「…………」

志穂さんは少しの間押し黙ったかと思うと、両目に涙をためた。

「……だって今回の事故は全然違うでしょ？　それに家族がいなくなるなんて、覚悟できるわけないわ」

ぼろぼろと涙が両頬を伝う。

「病院のベッドで、意識が戻らないままの兄を見て、みんな『仕方ない』って納得しようとしていて……私もそうしようとしたけれど、無理だった」

そこまで言うと、彼女は我慢ができなくなったように、私にすがりついて泣き出した。

私と千歳君は赤くなった目でお互いを見た。

鹿島さんや、他の今村さんの家族はみんな、身近な人が亡くなったのに、どこか『自分のこと』じゃないみたいだった。

こんな風にまっすぐ、大切な人の死を悲しんでいるのは志穂さんが初めてだ――だから私達は確信した。

『渡し』は、この人とするのだと。

志穂さんの悲しみは深く、彼女の涙はなかなか止まらなかった。

お通夜が始まり、お坊さんが唱えるお経が聞こえてきたけれど、彼女はしばらく泣きやまなくて――やがて、我にかえったように急に顔を上げて、小さく「ごめんなさい」と呟いた。

私は首を横に振った。

志穂さんが私の体から離れたので、夕方の冷気を感じた。彼女の涙で濡れてしまった部分がひんやりとする。

「本当に、お兄さんと仲が良かったんですね」

千歳君が言うと、志穂さんは濡れた顔を手のひらで拭(ぬぐ)いながら頷いた。

「最初はそんなんじゃなかったの……私が小学一年生の頃、兄と一緒に遠足のおやつを買いに行ったんです。その時も、兄は仕方なく、嫌々ついてきてくれたんですよ」

お兄さんとは十四歳違いだと言っていた。小学一年生なら、今村さんは二十歳を越えていただろう。確かに、歳の離れた妹との買い物なんて乗り気じゃなかったに違いない。

「両親は二人とも仕事で帰りが遅くて仕方なかったとはいえ、兄も本当は予定があったみたいで、友達と電話したり、気もそぞろだったんだと思います。私は私で遠足が楽しみで、ワクワクして、浮かれていた帰り道でした」

まだ夕陽の沈まない時間、信号のない住宅街の細い道。

おやつをかかえた志穂さんは、軽い足取りで道を渡ろうとした。

もうちょっと暗かったら、今村さんも用心をして、車のライトに気がついたかもしれない。

でもその時間は無灯火の車も多く、その白い乗用車もそうだった。

自分が左右の確認を怠ったんだと思う、と志穂さんは言った。

ぽん、と弾むように道路に飛び出した志穂さんは、そのまま車にはねられた。

「電話をしながら歩いていた兄が気づいたのは、私が車とぶつかる瞬間だったみたいなんです」

幸いそんな大きな事故にはならなかった。

志穂さんは打撲だけで済んだという。細い通りで、車の方もそんなにスピードを出していなかったそうだ。

「悪いのは私なのに、兄はとても後悔して……その罪悪感からか、わかりやすいくらい、私だけに過保護になったんです。そんな私も結婚して家を出ることになるから、兄も『そろそろ真面目に暮らさなきゃ』なんて笑ってましたけど、本気だったんだと思います」

今村さんの家は四人兄妹で、三人の娘達はこれでみんなお嫁に行って、実家を出てしまう。これからはただ一人実家に残る今村さんが先頭に立って、両親を支えていくことになる。

そんな責任感からか、生活を一新させようとする姿に、志穂さんも安心していたそうだ。

それなのにあの日、駅前の事故が今村さんの命を奪ってしまった。

「お腹が大きくなる前に式を挙げちゃおうって、急いで式場を探したりしてたんですけど……結局兄の事故をきっかけに、全部白紙にしちゃいました。お葬式も、四十九日も済んでないし」

そう静かにとつとつと言葉を紡(つむ)ぐ志穂さんの目から、またはらはらと洇れることのない涙がこぼれ落ちた。

「泣いてばっかりで、お腹の赤ちゃんにもよくないんだろうな、こんな暗い気持ちばっかりで赤ちゃんが可哀想だなって思うんですけど……」

「だったら――」

だったら、今度こそお兄さんを救えるように――過去をやり直しませんか？　そんな言葉が、私と千歳君の脳裏を過(よぎ)った。その時だった。

「志穂、どうしたの？　こんなところで。夜は寒いからダメよ」

「お母さん……」

今村さんのお母さんと、鹿島さんが心配そうに声をかけてきた。

「貴方ももう母親になるんだから、自分のこともちゃんと自分で大事にしなきゃ。ほら、今でも甘い物なら食べられるでしょ？　つわりの時はなんでもいいから、食べられるものを食べればいいのよ——」

今村さんのお母さんはそう言って、青い顔をした志穂さんの体を温めるように、両手で彼女の腕を摩って立ち上がらせた。

志穂さんは何か言いたげに私達を見たけれど、そのままお母さんに抱きかかえられるように、斎場に戻っていってしまった。

「二人とも、そろそろ帰りましょう？」

鹿島さんが言った。

チャンスを逃してしまったことに気がついて、私は悔しくて下唇を噛んだ。

「……まあいい、仕方ない」

千歳君が小さな声で私だけに聞こえるように囁く。今日は無理でも、ひとまず志穂さんを見つけられたから、いいのかもしれない。

だけど千歳君は『こういうことは一日でも早いほうが良い』って言っていた。

あんなにも心を痛めた志穂さんに、何かあったらどうしよう。

他の弔問のお客さんにも声をかけた方がいいんじゃないだろうか？　そんな焦りを感

じて、私はお通夜が終わった後のざわざわした斎場を見回した。

それでも千歳君は、私に帰るよう促した。

「どっちみち今日この状況で、催眠状態を作るのは難しいからいいんだよ」

こっそり千歳君に耳元で言われて、私は渋々従うしかなかった。そうだった、時花さん達も、『渡す』には相手がリラックスしてくれなきゃダメだって、そう言っていた。

諦めて駅に向かい、乗り換えのため大通駅で地下鉄を降りた鹿島さんが、唐突に私達に「時間は大丈夫？」と聞いてきた。

「あ……はい」

私は遅くなるだろうと思って、学校の行事の準備で居残りをすると、お母さんにあらかじめ言ってあった。千歳君も私の返事に乗っかるように頷く。

「だったら……ご飯、軽く何か食べていこうか。ご馳走するわ。何がいい？」

「え……あ、なんでも？」

千歳君を見ると、彼は少し悩んで「じゃあ、ラーメン」と答えた。

「ラーメンか……二人とも辛いのは大丈夫？　チカホ直結のビルに、美味しい担々麵のお店があるんだけど」

私は辛いのが得意って訳じゃなかったけれど、『辛さなし』も選べたはずだと言われたので頷いた。

千歳君は「いいっすね」って乗り気だったし。

図々しくご馳走になってしまうのは申し訳なくもあったけれど、なんとなく鹿島さんは一人になりたくないのかな？　って気がした。

私達もまだ、鹿島さんと過去に渡ることを完全には諦めていなかった。

だからホームを出て、そのままチカホ――札幌駅前通地下歩行空間を歩いた。

ここは札幌駅周辺地区と大通や狸小路（たぬきこうじ）、すすきのを繋ぐ地下街で、いつも様々なイベントが行われている。

今日もおしゃれな雑貨屋さんのワゴンや、北海道の特産物を販売するショップが並んでいた。

そんなチカホに綺麗なピアノの音が響いたのが耳に入り、私の心臓が飛び跳ねた。

「あら素敵。ストリートピアノが設置されてるのね」

鹿島さんも気になったようで、少し明るめの声で言った。

期間限定のイベントらしく、少し先に人だかりが見える。

鹿島さんはピアノが好きなんだろうか。その音色に惹（ひ）かれるように歩き出し、千歳君もそれについていってしまった。

私は一緒に行きたい気持ちと、ここから逃げ出してしまいたい気持ち、二つの相反する思いで体がバラバラになりそうだった。

「岬？」

そんな私に気がついて、千歳君が振り返った。

「あ……う、ううん、ちょっと……なんでもない」

自分でもよくわからない返事をしながら、慌てて二人に駆け寄る。

そうだ——なんでもない。私は逃げたりする必要なんてない。

深呼吸を一つして、人混みの中に紛れ込んだ。

チカホに響き渡る演奏は、少しアレンジに癖があるけれど、とても技巧的で、そして何より楽しそうに音符が弾んでいる。

みんなその見事な演奏に驚きながら、スマホを向けていて——それで気がついた。

「……あ」

私はこの演奏を聴いたことがあった。

「なんか、すっげー上手いな」

「この人……有名な配信者さんなの」

素直に感動している千歳君に、そっと耳打ちする。

確か札幌出身で、日本各地のストリートピアノを渡り歩いて、様々な曲を弾いている青年だ。

今人気のアーティストの曲をメドレーで弾き終えると、彼は集まったギャラリーに、リクエストを募った。

すると頰を林檎みたいに赤く染めて、キラキラした目の女の子が、日曜の朝に放送している人気の子供向けアニメの曲をリクエストした。

そんな曲も弾けてしまうんだ！　と驚くほどに多彩な彼のレパートリー。そして、聴く人達を喜ばせる曲のアレンジ。

数曲続けたメドレーを、緩急つけてしっかり、しっとり聞かせてから、一気にお得意の超絶技巧。ラスト前の速弾きは、彼のセトリのお約束だけれど、集まった人達が一気に飲み込まれ、空気が張り詰めていくのがわかる。

「……かっこよ」

千歳君が呟いた。

「うん……」

泣きたくなるくらいに圧倒的で、楽しくて、素敵な演奏だ。私はこんな風に聴く人達を楽しませてあげられていただろうか？

なにより自分が楽しんでいたんだろうか？

――ううん、大丈夫。楽しんでいた。小さな頃の私は。

楽しかったんだ、私。ちゃんとピアノが大好きだった。お母さんに言われて仕方なく弾くだけじゃなかった。楽しかったから続けていたんだ。

それが義務になり、私の重荷に変わっていったのは、どうしてなんだろう。

どうして私はこんな風に弾けなくなってしまったんだろう。

どうして？

自問自答を繰り返しながら、私は思った。色々な理由を探して、ピアノを弾けない自分を肯定しようとしていたけれど、それでもやっぱり弾きたいのだ。

事故に遭って良かったなんて、そんなはずなかった。

私はそっと、隣に立つ鹿島さんを見た。

今村さんのお母さんは、鹿島さんがげっそり痩せてしまったって言っていた。

私の目からも、彼女は窶れているように見える。

本当に赤ちゃんを失って解放されたって思っていたら、そんな風に痩せ細ってしまうだろうか？

やがて最後の曲のリクエストが始まった。

周りが騒がしくて、なんの曲が挙げられたのかはわからなかったけれど、リクエストをしたのは年配の紳士然とした男性だった。

静かに優しく始まったのは、少し寂しげな曲。

「綺麗な曲だな……映画の曲かなんか？」

演奏を聴いて、千歳君が聞いてきた。

「えっと」

「『亡き王女のためのパヴァーヌ』。ラヴェルの曲よ」

私が答えるより先に、鹿島さんが言った。

「綺麗だけれど……今聴くには悲しすぎるわね」

「………」

囁くような声で言った鹿島さんの頬を、一瞬光がすべり落ちた。

私はそれを確かに見た――彼女の頬に涙が伝うのを、はっきりと。

「違います」

「……え？　でもこの曲は――」

「曲名は合っています。一八九九年にフランスの作曲家モーリス・ラヴェルが作った曲です」

私が答えると、彼女は「そうよね？」と不思議そうに首を傾げた。

「そうじゃなくて……この『パヴァーヌ』というのは十六世紀に流行したダンスのことです。そしてこの曲は、タイトルから連想されるような、お姫様のための葬送曲ではありません。これは『今ではもう老いて死んでしまったお姫様が、小さかった頃に宮廷で踊った曲』という意味の曲です」

「へえ……随分詳しいのね。すごいわ」

「だから……そういうことじゃなくて」

感心した様子の鹿島さんに、私は首を横に振った。

「確かにこの曲は、過去を思う哀愁や郷愁を誘います。だけど『悲しすぎる曲』ではないんです。実際私もそう思います。なのに……これを悲しすぎると感じたとしたなら、それはきっとこの曲のタイトルを知っている貴方が今聴いたからです――つまり王女を、娘さんを失ってしまった貴方だから、無意識にそう受け取るのだと思います」

「………」

音楽は心を映すと思う。

『亡き王女のためのパヴァーヌ』を悲しむこの人が、本当に赤ちゃんの死にほっとしているというのだろうか。

「若い頃、少し気難しい性格だったラヴェルは、世間から評価されたこの曲を、『退屈』だとか、『冒険心がない』と厳しく自己評価していました。でも晩年、失語症が原因による記憶障害に陥った彼は、この曲を聴いて『美しい曲だ』と褒めたんです。音楽を聴いて震える心に嘘はつけません。だから――」

鹿島さんの頰に、もう一筋涙が伝った。

「貴方は……貴方が自分で言っているような、酷いお母さんなんかじゃない」

6

自分の心に嘘をつくのは、その方が苦しまないで済むからだ。

鹿島さんは真っ青な顔で私を見て――そして急にきびすを返し、人混みを後にした。

彼女が目指したのは、休憩用のベンチだった。

「……違うわ、本当に私、悲しくなんかないのよ」

力なくベンチに腰を下ろした鹿島さんが、声を弱々しく震わせて言った。

「でも――」

「そうですか？　悲しくないですか？」

反論しようとした私を、千歳君が遮る。

「だって私が死なせてしまったのと同じなのに、悲しめるわけないわ……」

「本当に？」

千歳君の声は、とても優しい響きだった。

「ええ、本当に決まってる」

「そうじゃなくて、貴方は本当に……れなちゃんを自分が死なせたと思っているんですか？」

「だ、だって――」

「事故はあまりに突然で、本当に貴方は動けなかった……もし動けていたなら、貴方は絶対にれなちゃんを救ったでしょう……違いますか？」

「…………」

鹿島さんの両目にまたじわりと涙が浮かんだ。それは千歳君の言葉を肯定するように、滾々(こんこん)と溢れはじめる。

「あ……当たり前でしょ……それができたなら、勿論そうしていたわ……！　でも、私……弱くて……どうしても動けなくて、怖くて……」

嗚咽(おえつ)に声を震わせながら、鹿島さんが途切れ途切れに言った。千歳君はその一つ一つに肯定するように頷いていく。

「そうですよね。もし過去に戻って、その時をやり直せるのなら、貴方はきっと……きっと、今度こそれなちゃんを助けますよね」

「ええ……ええそう、あの、車の飛び込んだ交差点の所には、行かないわ……もっと安全な場所に……」

「そうですね。それがいい」

そう言って千歳君は、ポケットから金色に光るものを取り出した。

チェーンのついていない、ぴかぴかに磨かれた、古い懐中時計だ。

「これ、死んだ父さんの形見なんです。元々はじいちゃんの物らしくて、古い時計だから、今と違ってカチコチ秒針の音もうるさいんですよ」

千歳君は時計の蓋を開けると、鹿島さんの手に載せた。

「でも聞いてみてください。この音を」

「……秒針、の？」

「はい。秒針の動く音って、なんだかすごい落ち着くんですよ。胸が静かになっていく」

千歳君の声は、オーボエみたいだと思った。本当に優しい音。

少しくぐもった、柔らかい音のオーボエ・ダモーレ。

優しいけれど埋没(まいぼつ)はしない。飛び出るようには聞こえないのに、難しいソロパートを吹きこなす。千歳君だけの音色。

そんな千歳君の声に導かれ、鹿島さんはぼんやりと懐中時計を、自分の耳元に当てた。

「不思議ですよね。この秒針が一つ一つ動くたびに、時間が流れてるなんて。だったら針を逆に回して、過去に帰らせてくれたらいいのに」

「…………」

「鹿島さんは、帰れるならいつに戻りたいですか？　一度だけ戻れるとしたら」

「私が……？」

「はい。やり直せるとしたら。いつだっていいです、貴方が絶対に取り返したいもののあるその時間に。いつですか？　貴方が戻って、絶対に変えたい一瞬は、どこですか？」

鹿島さんの喉元が、こくん、と動いた。何かを覚悟するように。

「私が、やり直したいのは――」

かち、こち、かち、こち、と時計が動く。その音が地下街の喧噪(けんそう)を飲み込んでいく。

『亡き王女のためのパヴァーヌ』

その最後の一小節が微かに響く中、私たちは過去へと淩(さら)われた。

7

目を開けると、そこはあの事故の現場になった地下鉄の駅前だった。

周囲は静かで、まだ事故は起きていない。鹿島さんはベビーカーの持ち手に手をかけたまま、歩道にぼんやりと立っていた。

「岬！」

「え？」

「お前までなんでぼーっとしてんだよ！　4分33秒しかないんだぞ⁉　お前、地下鉄の駅の出入り口、あそこから上がってくる人だけでも足止めしろ！　現場に近づこうとする人間はできるかぎりだ！　犠牲者が他の誰かに替わるんじゃダメなんだ！」

千歳君のするどい声が飛んだ。そうだ！　他の誰かが事故に遭うなんて嫌だ。

「じゃあ、千歳君は鹿島さんと今村さんを守って！　絶対に！」

「わかってる！　いいからお前は早く行け！」

「うん！」

そう言って千歳君は不敵な笑みすら浮かべて、私を地下鉄の駅へ続く階段まで走らせた。

不思議だ。時花さんと戻る過去は、いつも静かでうねる水に飲み込まれるみたいだった。

どろんと鈍い時間の泉。私はずっと、時間は液体なんだと思ってた。でも今日は吹き付ける風のようだ。

疾風に足を取られないように、必死に私は階段を駆け下りた。

でもどうしたらいい？　どうやったら通る人を足止めできる？　そうだ……そこの階段の踊り場がいい。もう30秒以上は経ったはずだ。あとは通る人を4分弱足止めすればいい――わかっていても、その方法が思い浮かばない。

その間にも眼鏡をかけた若い大学生風の男性が、階段を上がってきた。

「あ、あの！」

「はい？」

咄嗟に声をかけてしまって、私は途方に暮れた。

どうしたらいい？　どうしたらいい？　4分は短い。でも4分は長い。何をしたらいい？

考えなきゃ。そうじゃないと、今度はこの人が死んじゃうかもしれないんだから。

「えっと……どうしましたか？」

眼鏡の大学生さんは、親切にも私を無視しないで、不思議そうな表情で待ってくれていた。

丸みを帯びた眼鏡のフレームが、彼を余計に優しい雰囲気にさせている。

そう、眼鏡が――眼鏡！

「あ！　あの！　私、ここでコンタクトを落としちゃって！　一緒に探してもらえませんか⁉」

「へ？」

「眼鏡も家に忘れて来ちゃって！　だから今、全然見えてなくて！」

「ええ？　マジで？」

なんというベタなお願いだろうかと、我ながら思った。私は目がいい方なので、普段コンタクトなんてしたことがない。本当にそんなことがあり得るのかもわからない。

でもつっこちゃんは、よく『眼鏡ないとなんにも見えないんだよねー』と言っていた。もうなんだっていい！　4分だ！　4分だけ信じてくれたらそれでいいんだ！

「困ったね。ワンデーのじゃないの？　どこ？　この階段の所？」

幸い彼は一瞬きょとんとしたものの、すぐに探し始めてくれた。

「は、はい、この、踊り場の方の……」

続けてまた階段を上がってきたギャルっぽい女性と制服姿のＯＬさんが、私達に怪訝そうに「どうしたんですか？」と話しかけてきた。

「コンタクト落としちゃったんです！　一緒に探してください！」

私は普段の倍以上の大きさの声で答えた。

「え、ヤバいの？　なくしたら親に叱られちゃうやつ？」

「あ……はい、たぶん……」

「そっか。今は定額プランもあるけれど、未成年はまだ視力が安定しないっていうし、都度買いだったりするのかな？　怒られちゃうのは可哀想だね」

そう言って彼女たちも、存在しないコンタクトを、踊り場で腰を折って探し始めてくれた。

優しい人達で良かった。この人達を次の犠牲者になんか絶対しない。私は強く心に誓った。

階段の踊り場で、四人が必死に何か探しているのを見て、デパートの紙袋をいくつも下げた老夫婦が「どうしたの？」と声をかけてくれて、捜索部隊に加わった。

そうだ、とにかくこうやって、一人でも足止めしていればいいんだ！

時間は流れ続ける。ほら、4分33秒はもうすぐ――。

その時、OLさんのスマホが鳴った。

彼女が出ようとした、その瞬間、地上から激しい衝撃音が轟（とどろ）いた。

人々の叫び声が響く中、みんな慌てて階段を駆け上がる。

歩道脇に一台のベビーカーが見えた――そして人だかり、悲鳴。

「……千歳君？」

呆然として、周囲を見回そうとした私に覆い被さるように――あるいはしがみつくようにして、千歳君が私を階段の方に押しやる。

「くそ！　くそおお！」

「な、何があったの⁉　ダメだったの⁉」

何が起きたのか、確認しようとしたけれど、千歳君は遮って見せてくれなかった。

「千歳君‼」

強い風が吹き付けて、私の視界を遮る。うまく息ができない。

たくさんの悲鳴の中、遠く、微かに時計の音がする。

体が恐怖に震えた。

それでも時間は容赦なく、私を未来へ連れ戻した。

8

そこはチカホの、ストリートピアノ近くのベンチだった。

「あ、あの、千歳君……？」

『亡き王女のためのパヴァーヌ』を弾き終えたピアニストに、観客が贈る大きな拍手が響く中、私にぎゅっとしがみついていた千歳君に、おそるおそる声をかける。

「…………」

千歳君は泣いていた。声を殺して。私達は二人きりだった。

何があったの？　とは、すぐに聞けなかった。知るのが怖かったし、なにより千歳君が辛そうだったから。

過去を変えても、思った通りの未来になるとは限らない。

それは私も、千歳君もよくわかっているはずだった。

また悲しい未来になってしまったとしても、割り切ってもう一度やり直せばいい。悲劇的な状況なら、他にも過去に渡れる被害者が増えるからいい――だなんて、そんな風に言っていたのに。

だけど――そうだよね。

そうだとしても、やっぱりそんな風に割り切れないよ。

でも鹿島さんは無事だったのか、今村さんはどうなのか、私は聞かなきゃいけない。

綺麗なままのベビーカーは見えた。れなちゃんは救えたのだと思う。

他の誰が犠牲になって、千歳君は誰を救えなかったのだろうか。

彼がどうしてこんなに泣いているのか――そうしてもっと怖くなった。一番はじめ、あの事故で犠牲になったのはつっこちゃんだった。

でも、もうつっこちゃんがあの現場に来る理由はないはずだ……。

「千歳君……何があったの？　教えて？」

私は泣いている千歳君の、震える背中を撫でながら問いかけた。

不安で叫びたくなる気持ちを、ぐっと飲み込んで。

「……事故の場所が、変わったんだ」

やがて千歳君が、そう声を絞り出した。

「え?」

そういえばそうだ。事故は今まで、駅へ下る階段前の交差点で、自転車置き場を巻き込む形で起きていた。

でもさっきは違った。交差点を越えた、もう少し離れた場所だった。

「なんでかはわからない。もしかしたら……交差点前に駐まっていた車が原因なのかもしれない。そして事故は起きて——俺達は、少し離れたところにいたんだ。だけどそこに、あの事故を起こす車が飛び込んできた……」

それが神さまの帳尻あわせのせいなのか、私が時間を変えたせいなのかはわからない。

千歳君の話では、地上の状況はこうだった。

事故の前、千歳君はまだ混乱している鹿島さんに、その場で待つよう言い聞かせるように言った。

できればもっと遠くに連れて行きたかったけれど、「私、そこの銀行に行かなきゃ……」と呟いていたので、下手に抵抗されるのも怖かったからだ。

銀行は事故現場のすぐ近く。自転車置き場の横なのだ。

その時、交差点を避けるようにしながら、すーっと目の前にタクシーが止まった。

迎車のランプが光っていて、「えーと、ウエマツさんですか?」と、タクシーの運転手さんが聞いてきた。

だから千歳君は首を振った。運転手さんが、迎えに来たお客を探すように周囲に視線をめぐらせたので、つい千歳君もその視線を追った。

先に駐まったタクシーが邪魔だったのか、交差点を挟んで手前、ちょうど前回の事故現場近くに、若い女性の運転する軽自動車が駐まった。

その時、今村さんがスマホを片手に二人の横を通り過ぎようとしたので、千歳君は慌てて彼に声をかけた。

「あ、え、えっと、ウエマツさんですか⁉　タクシー待ってるみたいですよ！」

突然千歳君に声をかけられた今村さんは足を止め、ちょっと困ったように「え、違いますけど」と言った。

その時、交差点近くに駐まった車から女性が降りた。咄嗟に千歳君は、その女の人が危ないと思った。

彼女にも声をかけなきゃ――と、そう思って鹿島さんと今村さんの側を離れた瞬間、彼女が歩きながらスマホで誰かに電話をかけはじめた。

……そこに、事故を起こすワンボックスカーが突っ込んできた。

悲鳴が上がった。

幸い女性は車を離れていたので、無事だったようだ。

だけど軽自動車にぶつかった反動で、ワンボックスカーは駐輪場に飛び込まずに、まっすぐ千歳君達の方に向かってきた。

あっという間だった。

まるでスローモーションになったようだった。

その時確かに千歳君は、鹿島さんが微笑んだのを見た。

まるで何かの答え合わせができたような、誇らしげな安堵の笑顔。

そして彼女はベビーカーを千歳君の方に押した。

力一杯。

何度も何度も、繰り返し頭の中でシミュレーションしたかのように、よどみもためらいもない動きで。

ああダメだ、と思った。

これじゃあ間に合わない。鹿島さんは、逃げられない。

だけどその瞬間、今村さんが鹿島さんの前に飛び込んだ。

気がつけば白煙が上がっていた。

赤ちゃんと鹿島さんは無事だった。

今村さんは……タクシーとワンボックスカーの間に挟まれていた。

「目が合ったんだ。その瞬間。今村さんとも——今村さんはきっと自分から飛び込んだんだ。鹿島さんと同じように、二人を救うために」

「……どうして？」

「わかんないよ。でも咄嗟にだったんだと思う。彼は事故の瞬間、二人を庇った……やっぱりずっと志穂さんの事故が、彼の心に刺さった棘だったのかもしれない」

目の前で傷ついた妹のことを、彼はずっと忘れられなかった。

その傷が浅くて、命に関わる事故ではなかったとしても、彼の罪の意識は消えていなかったのだろうか。

もしちゃんと自分が妹を見ていたら、そしてその瞬間、恐怖に打ち勝って動くことができたなら。志穂さんは事故に遭わなかったはずだった。

怖かったと思う。目の前で、妹が傷つく瞬間は。

一歩間違えば、大きな悲劇になっていたかもしれないって、きっと考えただろう。

だから。

だから、今度こそ――その後悔を『やり直した』んだ。

「でも、もう一回、今度は志穂さんの過去を――」

そう言いかけて、私ははっとした。

ああ……そうか。

「きっと……つっこちゃんの時も同じだったんだ……」

神さまの残酷な帳尻あわせ――じゃない。

毎回死んでしまう『運命』じゃない。

今村さんは自分で動いてるんだ、きっと。目の前で傷つく誰かを、自分の意志で救っていたんだ。

「……じゃあ、どうするの？　もっと……ずっと昔に戻る？　たとえば志穂さんが事故に遭った、小学一年生の時とか」

「志穂さんが……本心から、その時間に戻りたいって思うなら……だけど」

人の心は難しい。

彼女にとって絶対に変えたい過去が、本当にその一年生の事故の時だったらいい。でも別の時間だったら？

志穂さんに、お兄さんが死んだのは、貴方が子供の頃事故に遭ったせいだと、そう言えば良いのかもしれないけれど、彼女はそれを信じるだろうか？

過去を変えたことで、私達と志穂さんは出会ってもいないことになった。

今回私達は事故現場にいたけれど、今村さんが鹿島さんを庇った状況を、どこまで説明したら理解してもらえるだろうか。

「たいていはさ、みんな嫌がるんだ。俺達しか知らない時間の話をすると、気味悪い奴って思われたりして、そもそも話を聞いてもらえなかったりするし……結局どっちなのかはわかんないだろ？　今村さんが死ぬのが本当に志穂さんの事故のせいなのか、それとも変えることのできない帳尻あわせのせいなのか」

たとえ志穂さんが事故に遭わなかったとしても、どこかの段階で、彼が別の後悔を抱えて、また同じように誰かを救ってしまうかもしれない。

「……じゃあ、今村さんのことは、諦めるってこと？」

「きっと全部なんて救えない……それでいうなら、今回の犠牲者は今村さんとワンボックスカーの運転手だけなんだ」

二回目の『やり直し』で、つっこちゃんも無事で、鹿島さんと赤ちゃんも無事だった。他の人達も。タクシーの運転手さんは少し怪我をしたけれど、大きな怪我をした人はいなかったのだ。

「ああ、でも……やっぱり悔しいな。俺達、どう動けば良かったんだろうな……」

千歳君が、喉の奥から絞り出した。

未来の形にも楽譜があったらいい。

正しい譜面があったなら、私達はきっとその通りに未来を弾くだろう――でも、そうじゃないんだ。

ハッピーエンドと呼ぶには苦すぎる未来。

私達は頬を寄せ合うようにしてすすり泣いた。

9

チカホで『亡き王女のためのパヴァーヌ』を聴いた翌週の日曜日、私達は白石区の一軒のお宅を訪ねていた。

綺麗なJR白石駅のそば、今村さんのお母さんと志穂さんが、私達を玄関で迎えてくれた。

「あの日、僕ら、駅の所にいたんです。事故に遭う直前、僕は今村さんと話をしました。彼はスマホを手に歩いていました——そしてもう片方の手には、白いケーキの箱が下げられていたんです」

そう言って、千歳君はケーキの箱を二人に差し出した。

あの時、事故現場で無残に潰されていたケーキ。

私はてっきり、れなちゃんの百日のお祝いのために、鹿島さんが買った物だと思っていた。

でもそうじゃなかった。

そのことに気がついた千歳君は、すぐにケーキ屋さんに問い合わせた。

店長さんは今村さんの死を悼むと、彼が注文したものと同じケーキを、もう一度用意してくれたのだった。

呆然とする志穂さんの代わりに、今村さんのお母さんがケーキの箱を受け取った。

そうして愛おしそうに、大切そうに、白い紙の箱を開けると、中にはたくさんのクリームのお花につつまれた、砂糖菓子の赤ちゃん。そしてチョコレートのプレート。


『I want you to be happy and smile!』


あなたが幸せで笑ってくれますように！——白い飾り文字で、そう書かれていた。

「ああ……」

と今村さんのお母さんが、声を上げた。

「本当にお兄ちゃんが、私に？」

嗚咽を堪えるように声を震わせた志穂さんに、千歳君が頷く。

「今村さんの動画を見たんです。最近の雑談動画の中で、彼は『大事な妹に赤ちゃんができたので、何かお祝いしたいんだ』って言っていました。その動画に付いたコメントの中に『ベビーシャワーは？』っていうものがあったんです」

ベビーシャワーとは、安産を祈願して、家族や友人達が集まってパーティを行う、アメリカの風習の一つだそうだ。

本来はもっとお腹が大きくなってからするものらしいけれど、結婚のお祝いも兼ねて、今村さんは早めにやってあげることを考えた。

ベビーシャワーの必須アイテムの一つに、ダイパーケーキがあるらしい。

本来はダイパー……つまりおむつで作る、食べられないケーキらしいけれど、ちょうどつわりで甘い物をほしがる志穂さんに、彼は本当のケーキで作ってあげることにしたのだ。

「結婚や出産があっという間に決まってしまって、ご両親や志穂さんが嬉しい反面、不安がっていることを今村さんはとても心配していたそうです。だからみんなが一目見て、ぱっと嬉しくなるような、そんなケーキにして欲しいって、ケーキ屋さんにオーダーしていたそうです」

レースのように重ねられたクリームの花びら。

優しくて甘い、柔らかな花の中で、幸せそうに笑う赤ちゃん——今村さんはあの日、これを志穂さんと、志穂さんの新しい家族になる人達と一緒に食べたかったのだ。

「今村さんはあの時、我が身を顧みずに赤ちゃんとお母さんの命を救いました。恐怖で体をすくませることなく、自らの意志で、彼は二つの命を守ったんです——悲しいけれど、今村さんは勇敢で、すごく優しい人だったと思います。だから……もし自分のせいで妹さんが苦しんでいたとしたら、すごく悔やまれるでしょう。だから、どうか幸せになって、笑顔で今村さんのことを想ってあげてください」

志穂さんが泣きながら微笑んだ。

それはあんまり無理やりで悲しげで、私は見ていられなかった。

これで本当に良かったのかなって思う。

家族に伝わらなかったメッセージ。妹さんへの愛情を伝えたところで、どこまでその痛みを癒(い)やせるだろうか？

三回目の『やり直し』を諦めて良いのだろうか。

何度だってやり直して、誰も傷つかない未来を作る努力をしなくていいのだろうか？

そうやって繰り返しじくじく考えながら思い知った。過去を変えることの責任を、その重み、その痛みを――この問題には、答えが見えない。

ああ……だから時花さんは、時守は過去を変えちゃいけないって言うんだろう。

未来を変えるのは難しい。人生は行列舞踏(パヴァーヌ)のように、人と人が向かい合って、歯車みたいに互いを左右させる。

この複雑なパズルを解くには、まだまだ私は弱くて無知なんだ。

この力は神さまからの『ギフト』じゃない。もう誰かを傷つけるための力にはしたくない。

私は自分の中の、正しい音符すら見つけられなかった。

千歳君は、学校では本当に冷たい。

最初は仕方ないかと思っていたけれど、それにだんだんイライラするようになって、
とうとう私は下校中の千歳君を捕まえて、アリオのフードコートに連行した。

「やめろよ……俺に構わずに、風見に声かけろよ」

ほくほく熱々フライドポテト。私が買った一つを二人でシェアしているのに、千歳君
……あなた随分偉そうな口をききますね？

「だから、それができたら苦労しないって言ってるでしょ？」

別に学校で、千歳君とベタベタ仲良くしたい訳じゃない。そんなことをして、付き合
ってるとか思われるのも嫌だし。

ただ私は、ごく普通に千歳君と意思の疎通をしたいだけなのだ。

「……なあ、そのことなんだけどさ」

「そのこと？　どのこと？」

「風見のこと」

「…………」

もうその話はしないで欲しい。私は千歳君を睨んでから、トレイの上に広げたポテト

を、ごっそり自分の方に引き寄せた。

「あ……いや、でもさ、一つ気になることがあるんだ」

「気になること？」

「ああ……この前の、鹿島さんのこと」

手を伸ばして、私の陣地のポテトを略奪しながら、千歳君が切り出した。

「あの時確かに未来を変えたんだ。鹿島さんは事故の現場に近づかなかったし、今村さんの足を止めることもできた。実際起きた事故の位置は、今までと変わってただろ？」

「ああ……うん」

私も必死に、事故現場に近づく人達を足止めしていたし。

「過去が変わると、それに合わせて未来もガンガン修正されていくんだ。新しい選択肢を選べば、そこからの未来は存在しないことになる」

「そうだね」

確かに私も、そう聞いている。

「……だけどあの時、鹿島さんはちゃんと赤ん坊を守ったんだ。あの人は完全に自分がどう動くべきかわかっていた。一度目は恐怖にすくんだはずなのに」

「あ……」

「記憶は過去に持ち込めたとしても、あの人の体は、恐怖を経験してないんだ。どうして本能という防衛反応を断ち切って、今回はあの人が動けたのか……俺、不思議で仕方ないんだ――だから」

念を押すように言って、千歳君はまっすぐ私を見た。

真剣な表情で。

「もしかしたら、たとえ過去が変わったとしても、細胞みたいな場所に、経験は刻まれるのかもしれない」

「…………」

「鹿島さんの細胞には、確かに事故の記憶が刻まれていたんだと思う――だからもしかしたら、風見もそうなのかもしれない」

「……月子ちゃんも？」

「ああ、お前、前に俺に聞いただろ？『未来が変わっても、前のことを覚えてたりするのかな？』って。もしそういうことがあるのだとして、風見がお前のことを細胞単位で覚えてるのだとしたら、それはきっと――すごく強い想いだったんじゃないかと思う」

今の世界で、私と月子ちゃんはただのクラスメートだ。友達と呼べるほどには親しくない。

私達は――彼女は、まだ私のことをよく知らないはずなのに。

だけど月子ちゃんは、私と千歳君の微妙な関係性に気がついていた。

私らしくない私のことを。

それがもし……今も彼女の体に残る、思い出のカケラなのだとしたら。

「……でも、それでも、友達には戻れないよ」

「なんでだよ、戻れよ！　俺とお前は違うだろ⁉　独りでいる必要はないんだよ！」

「だったら千歳君が友達になってくれたらいいでしょ⁉」

「嫌だよ！　どうせ時守同士、腐れ縁になるのが目に見えてるのに、慣れ合うのは絶対に嫌だ。普段は口をきかないくらいがちょうど良いんだよ！」

「…………」

ポテトを挟んで、私たちは睨み合った。

何と言われようと、私は月子ちゃんと友達にはならない。なれない。

だって一番大切な友達だから。

「……もし、風見に何かあったら。その時は俺が絶対になんとかしてやるから、心配するなよ」

「……え？」

「何をしてでも、俺が風見を取り戻してやるよ。ネットやSNSとか見たらわかんだろ？　そんな特別な友達ができるなんて、簡単なことじゃないんだぞ？　お前絶対にこの先、風見以上の親友なんて作れないぞ？」

「私……そういうのあんまり見ないから……」

「あっそ」

はあ、と千歳君は盛大に溜息をついて、私のポテトに手を伸ばす。

「…………」

私は千歳君が食べやすいように、トレイごとポテトを彼の方に押しやった。

「……え？」

「SNSは見ないけど……つっこちゃんが特別なのはわかってるよ。それに……千歳君がそう言ってくれるの……すごく嬉しい。きっと、本当のことだと思うから、信用する。千歳君、すっごく優しいから」

「……お、おう」

千歳君は急に頬を真っ赤にすると、照れ隠しのようにそっぽを向いて、ポテトをかじった。

なんだか拗ねたようにも見える横顔——私はやっぱり、千歳君に知らんぷりされるのが嫌いだった。

「じゃあ……じゃあじゃあ、私、つっこちゃんと仲良くするから、その代わりに千歳君も私と友達になってよ」

「だーから、それは嫌だって言ってんだろ？」

「なんでよ！　仲良くしてよ！　そして勉強教えてよ！」

「……は？」

「千歳君、結構勉強できるでしょ？　私、次のテストが悪かったら、外出禁止になっちゃうかもしれない……」

ううう……と私は頭を抱えて、身をよじった。

だって今までずっと、勉強しに行くという口実でタセットに通ったりしてたから。

毎日のように勉強しているはずなのに、まったく身についていないとしたら、さすがにお母さんだって怪しむだろう。

「え、お前……お馬鹿なの？」

「だって……今までピアノだけやってれば褒められたから、勉強は二の次だったんだもん」

嘘だ、本当は三とか四の次かもしれない。

「マジか……さすがに外出禁止は、ヤバいじゃん……」

「でしょ？　だから勉強教えてよ。それで友達になってよ」

「…………」

千歳君は眉間にぎゅっと皺を寄せ、険（けわ）しい表情でしばらく黙った。

そしてポテトと私を見比べて、結局諦めたようにまた大きな溜息を洩らした。

「……まぁ、時々なら、いいけど」

「時々ってどのくらい？　毎日？」

「毎日は時々じゃなくて毎日だろうがよ」

「じゃあせめてテストまでは毎日にして……週一とかでどうにかなるとは思えない」

特に数学は……分数とか、もうそのへんから自信がない。

「ああ？　……じゃあ、まあ、次のテストまでな」

とうとう折れた千歳君が、降参したように言った。

「あと……一緒にタセット行こう？」

だからどさくさに紛れて、私は彼に今日最後のおねだりをした。

「それは絶対にＮＯ」

「えー！　なんで！」


千歳君はどうしても、タセットが嫌いみたいだ。

確かに千歳君と時花さんは、考え方が合わないとは思う。

でも……私にとって、あそこは唯一無二の安全地帯だから。

だからいつか一緒に――そう、できるならつっこちゃんとも一緒に、三人で……ううん、本当に叶うなら四人で、タセットでお茶ができたら良いなって思った。

今はまだきっと、遠い未来だけど。

二杯目

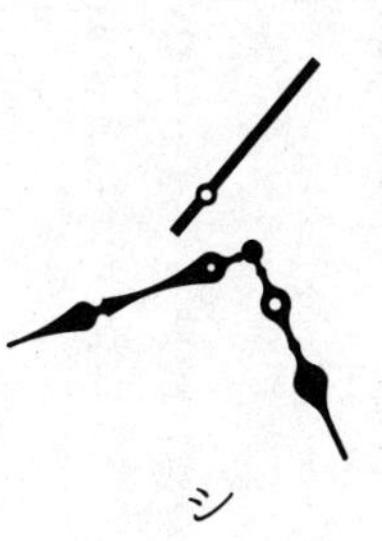

シュガーバター追想曲（リコルダンツァ）

1

勝負の期末試験まで、残りあと五日。

スーパーのフードコートで、千歳君に数学を教えてもらっていた私の口から、盛大な溜息が洩れてしまった。

「なんだよ」

「ううん。なんでもない……」

「察するとか面倒くさいから、さっさと言ってくんない？」

「…………」

千歳君は相変わらず冷たい。

香りって、記憶に繋がっているんだろうか？　このフードコートの香り、揚げたてのポテトの香りが、月子ちゃんのことを思い出させたのだ。

「私……今日も結局……月子ちゃんに声かけられなかった」

「お前、全然勉強に集中してないな……まあいいや、なんで？」

「なんでって……だって私からダンスのパートナーを断ったんだよ？　それなのになんて言って声かけたら良いのかわからないし、月子ちゃんから逃げた理由を、なんて説明して良いのかもわかんないよ」

　だって別の未来で、月子ちゃんは死んでしまったから……なんて言えるわけがないし。

「そんなん適当に、それっぽいこと言えばいいじゃん。『昔のコンサートの話を聞いたら、イギリスでの事故のことを思い出しちゃって、急に怖くなっちゃって……』とかさ」

「わあ、天才」

「真面目に聞けよ」

「聞いてるよ」

　千歳君のこんな風にすぐに上手な嘘を思いつく所は、素直にすごいと思う。きっと頭が良いからだろうな。

　それに過去に渡ったり、時間を変えるたび、色々な言い訳をしてきたんだろう。

　だけどやっぱり月子ちゃんには、嘘はつきたくない。

「……理由があったとしても、よそよそしくしちゃったことの免罪符にはならないと思うの」

　結局、彼女の側から逃げてしまったことに、彼女が納得できる理由なんてないと思うのだ。

千歳君が呆れたように息を吐いた。

「別に……俺には関係ないことだから、お前の好きにしたらいいけど、あんまりボヤボヤしてると、風見も愛想尽かして、別のヤツとつるむようになんじゃないの？」

確かにそうかも……でも……。

「……その時はその時だとも思う」

「あっそ。俺、そういうの嫌い」

「え？」

千歳君が本当に嫌そうに顔をしかめて言った。

「だいたいお前から離した手だろ？　なんで相手から繋ぎ直してくれるのを待つんだよ。お前から繋ごうとするのが筋だろ？　それになんにも知らない風見にしてみたら、もう一度お前に声をかけるなんて、百倍勇気がいるんじゃないのか？」

「あ……」

ぐうの音も出ないほど、千歳君は正しい。

「そうだよね……私から頑張らなきゃダメだった」

ついつい甘えてしまっていたのだ。月子ちゃんなら、きっとまた私を誘ってくれるんじゃないかって。

でも本当は私から声をかけなくちゃ。

「ありがとう。仲直りしようって決めたはずだったのに、千歳君に言ってもらえなかったら、このまま期待して、ずっとただ待ってしまったかも」

思わず感謝の言葉が溢れ出した。

「千歳君は、私よりずっと強くて、しっかりしてて、すごいね」

「べ、別に……」

「ううん。尊敬してる」

千歳君は少し困ったように目をそらして、ほっぺたを赤くした。

「……お前はちょっと、影響されやすい気がするけど」

彼は赤い顔のまま、なんだか不満そうに言った。

「え、そう⁉」

「別に俺に何か言われたって、その通りにする必要もないんだからな？」

「う、うん？　わかった」

自分からアドバイスしてくれた癖に、不思議なことを言うな？　と思いながらも私は頷いた。

なのに、彼は呆れたようにまた溜息を洩らした。

「……まあいいや、勉強に集中しろよ」

「うん。集中する」

「だからそう素直になんでも従うなって」

「えええ？」

なんて理不尽な……。

そう思いながらも、千歳君が私のことを心配してくれるのがわかって、嬉しくてこそばゆい。

学校では話しかけたら怒って無視するし、たまに意地悪も言うけれど、なんだかんだ優しい。

本人は友達じゃないっていうけれど、私の中ではちゃんと友達だ。

だからこそ、私を心配してくれる千歳君の言葉はまっすぐに信じたい。

頑張らなきゃって、思った。

手放してしまった友情を取り戻すことも、五日後のテストのことも。

2

「ノート？」

「うん。テスト勉強用に、足りなくなっちゃって」

翌日の放課後、もう残り一ページになってしまった自習用ノートを買いに行きたくて、その分のお金をもらえないかお母さんにお願いしてみた——千歳君に勉強を教えてもらう時、なんだかんだ食べたり飲んだりしちゃうから、今月のお小遣いはもはやすっからかんだ。

「勉強を教えてくれてる友達が、自習用のノートは大きい方がいいっていうの。学校に持って行く訳じゃないし……それを買いたいから、少し多めに五百円くらい、もらえたら嬉しいんだけれど……」

母に何かを説明するとき、私はいつもつい早口で、しどろもどろになってしまいそうになる。

「大きいノート？　そうなの？」

「あ、うん、みたい……」

普段学校では、Ｂ５サイズのキャンパスノートを使っているけれど、自習ならＡ４の方がいいって千歳君に言われたのだ。なんでかはよくわからない。

「あと、問題集も二冊くらい欲しいの。数学の文章題、まだ少し苦手だからできるだけ数を解きたいし、小学校時代の総復習もしておきたくて」

その分のお金ももらえたら……とお願いする。嘘をついているわけじゃないのに、なんだか不安になってしまうのは何故だろう。

「そういうことなら良いけれど……だったら貴方に頼めば良かったわね」

「え？」

「菜乃もノートがないって、さっき買いに行ったのよ」

「そうなんだ。私が買ってきてあげられたら良かったね」

妹の菜乃花はしっかりしているとはいえまだ小さいから、一人で行かせてもし事故や犯罪に巻き込まれちゃったりしたら？ って不安になってしまう。

だけどノートは毎日のように使うものなんだから、自分で好きなものを選びたいだろう。私が帰るまで、もう少し待ってくれてたら良かったのに。

「じゃあ、もし会えたら一緒に帰ってくるね」

「そうね、お願いね」

菜乃花は嫌がるかもしれないけれど……。


そうして三千円を手に、近くにある篠路通沿いの本屋さんに向かった。

本だけでなく、いつも素敵な文房具が並んでいるので、大きなノートもありそうだ。

広い入り口の周辺は、甘い香りが漂っていて、中のカフェの匂いかな？ と思いながら店内に入ったけれど、菜乃花の姿はどこにもなかった。ノートと問題集を二冊ずつ買って、すぐにお店を出る。

本当は本も見たかったけれど、菜乃花のことが心配だった。

店内にいたら会っているはずだし、他のお店に行ったか、入れ違いになったんだろう。

お母さん、せめて菜乃花にキッズケータイくらい持たせてくれたら良いのに……なんて思いながらお店を出て気がついた――この甘くてたまらないバターの香り。

本屋さんのすぐ横、ちょうど駐車場を突っ切った所にある家の前に、キッチンカーが駐まっていた。

よく見ればお店の入り口にも、ポスターが一枚貼ってある。

「『クレープショップ　SALTY & SWEET』？」

そういえば少し前に、SNSで記事を見たことがあった。

若いご夫婦が二人三脚で始めたクレープショップで、週末は各地のイベント、大きな公園やスーパーの前で移動販売し、平日は生まれたばかりのお子さんの世話がしやすいように、自宅前でお店を出していることが多いんだとか。ということは、あそこが自宅なのだろう。

パリパリもっちもちのクレープ生地が人気を呼んで、今では週末だけでなく、平日にも自宅前まで来てくれるお客さんで行列ができているとか。

道産の小麦『春よ恋』種を中心に数種をブレンドし、卵や牛乳などの道産食材一〇〇％で作られた生地に、クリームをたっぷり。

時間をおいても硬くなりにくい製法で作っているので、家族の分を買って帰って、夕食の後にみんなで食べる……なんてお宅もあるらしい。

これは一度食べてみたいなって思った。

それが実現していないのは、記事を見たのが月子ちゃんと二人でダンスの練習をしていた頃だからだ。

『たまにアリオ前にも来てるみたいだし、今度買いに行こうよ。きっと竜ちゃんも好きだから、ダンスのお礼に買ってあげよ』

目を閉じると、そう言って笑う月子ちゃんの顔が思い浮かんだ。

今はもう、存在しない時間の記憶だ。

でも、ぎゅっと痛んだ胸を押さえて思った。

「……そうだ、私が待ってちゃダメなんだから」

また落ち込んでしまいそうになる自分を奮い立たせ、クレープ屋さんにつま先を向けて踏み出した。

出店スケジュールとかメニューのチラシがあるといい。月子ちゃんを誘いやすくなるから。

今の月子ちゃんだって、ここのクレープを食べたいはずだ。竜太さんだって。過去が変わったからって、食べ物の好みは変わらないだろう。

平日四時にもかかわらず、キッチンカーには五人ほどの行列ができていた。

やっぱり私も食べてみたいな……って心揺れるのを感じながら眺めていると、その先頭でツンとつま先立ちをして、今まさに商品を受け取ろうとしている小さなお客さんを見て驚いた。

「な、菜乃花⁉」

思わず声を上げてしまった。

驚いたのは私だけではなく、菜乃花も同じだったみたいだ。

菜乃花は真っ青な顔をして、受け取ったばかりのクレープを手から落として、そのま
ま走って逃げてしまった。

「あ、お、お客さん！　ちょ、ちょっと！」

窓口から、男性が声を上げていた。

どうやらお金も払わずに逃げてしまったらしい。

「すみません、妹なんです！　お金は私がちゃんと払います！」

私は慌てて窓口へ走った。

「お、おいくらですか？」

幸いさっきのお釣りも少しある。高いクレープじゃなかったら、お小遣いと合わせれ
ばなんとか足りるはず……。

ドキドキしながら尋ねると、キッチンカーの男性は困った顔で言った。

「四百円だけど……でも落としちゃって、食べられないよね？　先に待っているお客さ
んのクレープを焼いた後に、もう一度作り直してあげるから待っていてくれるかな？」

「え、でも……」

「落としてしまったんだから仕方ないよ。わざとじゃないんだから、商品なしじゃ帰せ
ないよ」

「いいえ……その分のお金も払いますから、やっぱりもう一枚お願いします」

私は罪悪感からそう答えた。二枚分で八百円なら、十円玉をかき集めてギリギリ大丈夫。

「そっか……うん、じゃあ、待っててね」

お店の男性は何か言いたそうだったけれど、私は改めて行列の一番後ろに並んだ。気がつけば、四人の列が七人になっていた。

手持ち無沙汰なので、待ち時間に買った問題集を見ることにした。

「あら、偉いね。こんな所でもお勉強？」

そんな私に、前に並ぶ女性が声をかけてきた。

「あ……来週、テストなんです」

「それでもちゃんとお勉強するなんて偉いよ。結局、そういう地道な努力ができる人間が一番強いから」

パンツスーツ姿の、いかにも聡明でかっこいい雰囲気の女性に褒められて、なんだかこそばゆい。

「そうよ。努力ってね、無駄のように思えることがあっても、必ず人生のどこかで役に立つ瞬間があるからね」

私の後ろに並んだ老婦人も、パンツスーツの女性に同意するように言った。

「が……頑張ります」

頬が火照るのを覚えながら二人に会釈して、並び飽きていた二人が私を挟んで談笑するのをBGMに、勉強を再開した。

クレープ屋さんは本当に人気で、並んでいる人だけでなく、フードデリバリーサービスの配達員さんも何人か来ていた。

キッチンカーの中で、男性はせっせと休みなくクレープを作っているけれど、待ち時間はそれなりだった。老婦人の話では、少し前に北海道出身の人気芸人さんが、TVのロケで来たらしくて、放送されてからは三十分や一時間の待ち時間も珍しくないそうだ。『生地は毎回注文ごとに焼いています。提供に少しお時間を頂きます』と張り紙がしてあるので、みんな不満を口にしないで待っている。

一時間待ってでも食べたい美味しいクレープ……わくわくするな。

菜乃花、一口分くらいわけてくれないかな？　月子ちゃんと一緒に食べる日が楽しみだな――なんて、そろそろ集中力がゼロになって来た頃、とうとう私の前のパンツスーツの女性の番になった。

「あれ⁉　荒川(あらかわ)さん⁉」

オーダーを受けようとした男性が、びっくりしたように声を上げた。

「ヒロ君がお店やってるって言うから来ちゃった」

へへ、と荒川さんと呼ばれた女性が笑った。

「一昨日の同窓会の後、二人で飲んだのすっごい楽しかったのに、結局連絡先も交換しないまま別れちゃったでしょ？　また時間がある時誘って欲しいなって思って」

そう親しげに話す女性に『ヒロ』さんは「本当に？」と嬉しそうに返す。

「勿論！　これ、私の連絡先ね。後で登録しておいて」

オーダーの代わりに、彼女は名刺を差し出した。

「クレープ買いたかったけど、もう仕事に戻らなきゃいけないの。繁盛してるみたいで安心した！　時間のある時、いつでも連絡して」

彼女はそれだけ言うと、最後にもう一度彼に手を振り、私と後ろの老婦人に軽く会釈して去って行った。

そのかっこいい後ろ姿を、私だけでなくキッチンカーの男性も、とろんとした目で見つめていた。

その時だった。

「どういうこと？」

急に冷ややかな女性の声が響いた。

「まさか同窓会って言って、あの人と飲んでたっていうの⁉」

見るとキッチンカーの横に、赤ちゃんを抱いた女性が立っていた。

「べ、別に変なことになったわけじゃないよ！　ただ二人で二次会したってだけで……」

「二人で？　二人だけで？　一昨日終電逃したって言って、夜中に帰ってきた理由はそれなの⁉」

「いや、まぁ、結果的にそうなったけど、誘われたら嫌とは言えないし……」

ヒロさんがもごもごと答えつつ、並んでいる私達をちらりと見た。

「そ、そういうのは、店が終わってからにしようよ」

「断ればいいでしょ⁉　そもそも既婚者を二人きりで飲みに誘うなんてどんな女よ！」

奥さんと思しき女性は、彼の話なんて聞いてないように問いただした。

「いや……指輪をしたまま調理は不衛生だし、最近はずっと外してるだろ？　結婚したって話もしてないから、本当に知らなかったんだよ。荒川さんに悪気があるわけじゃ……」

「はぁ？　なんでよ！　どういうつもり⁉」

答えれば答えるほど、奥さんがヒートアップする。墓穴を掘ってしまったヒロさんは、焦ったように私達を見たけれど、並ぶ人達の表情は気まずそうだし、あまり好意的とは言えない。

ヒロさんは諦めたように溜息をついた。

「……荒川さんは僕の初恋の人なんだよ。男にとって初恋の人は特別なんだ」

「なにそれ？　それが理由になると思ってるの⁉」

「他の人の誘いだったら断ったけど、荒川さんだけは特別なんだよ。これはたとえノリちゃんにだって譲れないよ……」

「どういうこと？　私よりあの人の方が大事だってこと⁉」

奥さんの声と表情が更に険しくなった。その剣幕に抱っこした赤ちゃんも泣き出してしまう。

「そうじゃなくて、次元の違う話だってことだよ。ノリちゃんだって一生忘れられない人くらいいるだろ？」

「でも私は、その人が最優先だなんて思ったりしないよ⁉　初恋だからなんだっていうの⁉　一番大事なのは今でしょ？」

「いや、だからそういう話じゃないんだって。勿論大事なのは今だけどさ……」

「意味がわかんない。じゃあ、あの人に誘われたら、また二人で出かけるっていうこと？」

「でもそれは浮気だとか、そういう下世話な話じゃないんだよ。こう……昔の思い出だとか、今お互いこんな風に頑張ってるんだとか、そういう報告会っていうか、なんかこう……もっと純粋なっていうか……」

そこまで言うと、ヒロさんはまた大きな溜息を洩らし、頭痛を堪えるように額を押さえた。

「ゆうちゃんを泣かさないでよ。それに僕にだって……少しは息抜きの時間くらい必要だよ」

「だからって初恋の、その特別な人と二人きりで出かけるなんて、普通許せるわけないじゃない！」

お母さんの大きな声に驚いたのか、激しく泣く赤ちゃんをぎゅっと抱え、彼女は私達に「ごめんなさい、今日はもう閉店です！」と叫ぶように言った。

みんな既にその空気を察していたので、なんとも言えない表情でキッチンカーを離れていく。

「す、すみません！　またよろしくお願いします！」

ヒロさんが私達に声をかけたけど、私以外誰も振り返っていなかった。

「……まあ、そりゃ毎日一緒に働いてちゃ、喧嘩だってするわよね」

「そういうものですか？」

さっき後ろにいた老婦人が、独り言のように呟いたので、思わず後を追う。

「『夫婦喧嘩は犬も食わない』っていうし、今日は諦めて退散しましょう。お互い災難だったわね。テスト頑張って」

「はい……頑張ります……」

貴重な時間を無駄にしてしまった徒労感が体に覆い被さってきたので、私も急いで帰ることにした。

できることなら菜乃花に、お土産のクレープを持って帰ってあげたかったけれど。

3

家に着くと、お母さんに帰りが遅いことで小言をいわれたので、問題集を選ぶのに時間がかかったと言い訳をした。

それが嘘じゃないと証明するために、私は夕食の後、そのまま生姜焼き(しょうがや)きの匂いが残るリビングで勉強をした。

夕方に褒められたからではないけれど、元々何かを繰り返し練習したり、集中して打ち込むことは苦手じゃない。

だからピアノを続けられたのか、ピアノのおかげでそうなったのかはわからないけれど。

お母さんは私の横でTVを見ていたけれど、やがてお風呂に入った。

私がリビングで一人になってしばらくして、菜乃花が自分の部屋から下りてきた。牛乳を飲みに来たのだ。

「クレープ……買ってこられなくてごめんね」

私に背を向けて、コップに牛乳を注ぐ菜乃花に謝る。

「なにそれ嫌み?」

菜乃花の手が止まったかと思うと、彼女は振り返りもせず、怒ったような声を出した。

「そうじゃなくて、私のせいで買えなかったのかと思って。でも、あの後すぐにお店が閉店しちゃったんだ……食べたかったんでしょう？」

「別に……」

「美味しそうだったもんね。ごめんね。でもまた今度買ってくるから」

「だから、別にいいって言ってるでしょ！」

「でも……」

「もういいから、ほっといてよ！」

そこまで怒らなくてもいいのに。菜乃花は怒鳴るように言って、部屋に戻ってしまった。

牛乳のパックだけでなく、半分注いだだけのグラスもそのまま置いて。

「余計なこと言っちゃったかな……」

しばらくしてお母さんがお風呂から出てきたので、菜乃花が牛乳を置いて行ってしまったことを話した。

「なあに？　またかんしゃくを起こしたの？」

「かんしゃくって言うか……」

「いいのよ、反抗期なの。ほっとけば良いのよ。喉が渇いたらまた下りてくるでしょ」

できれば牛乳を持って行ってあげて欲しかったのに、お母さんはそっけなかった。

これで私が菜乃花の部屋まで牛乳を持って行こうものなら、また腹を立てるのが目に見えている。

せめて彼女がリビングに下りて来やすいように、部屋に戻って勉強することにした。

私は菜乃花と、喧嘩なんてしたくない。

ううん、きっと誰だって喧嘩なんかしたくないはずだ――クレープ屋さんのご夫婦は、大丈夫だろうか。

「荒川さんって人も、悪い人じゃなさそうだったしな……」

ついつい余計なことを考えてしまうので、私は改めて勉強に打ち込むことにした。

何かに集中していれば、心は空っぽにできる。

私はテスト勉強を頑張った。その夜も、次の日も、その次の日も。

そうしてとうとう学期末テストの日がやってきた。

結局、努力できる人間が一番強い――か、どうかはわからないし、正解している自信がある訳じゃないけれど、算数時代も含め、私は生まれて初めて数学のテストの回答欄をすべて埋めることができた。

な、な、な、なんという達成感!!

こんなすごいことがあるだろうか⁉

ピアノ以外に取り柄のない私が！

「千歳君！」

数学の試験が終わった後の中休み、我慢できずに、お手洗いから戻ってきた千歳君を捕獲した。

「だから、学校で声かけ――」

「でも聞いて！　すっごいできた！　全部書けたよ！」

ごちゃごちゃ言われるより先に、遮るように千歳君に言うと、彼は眉間に皺を寄せた。

「……まぁ、一学期の期末だぜ？　まだそんなに難しい問題出な――」

「それでも！　こんなのはじめて！　ありがとう！　これできっとお母さんも納得してくれると思う……！」

「……ああそうか。まぁ、それなら良かった」

私の圧が強すぎたのか、千歳君は諦めたように言って、これで話は終わりだという風に、手で追い払う仕草をした。

でも私の用件は済んでない。

「それでね、千歳君、甘い物好き？　家の近くに美味しいって評判のクレープ屋さんができたんだけど」

「好、き、じゃ、な、い」

嫌がらせのように、彼は一文字一文字はっきりと区切って言った。

「あ、でも、甘くないクレープもあるはずだから――」

「味の問題じゃない。お前とは一緒に行かない。俺じゃなくて風見を誘えよ」

「千歳君にちゃんとお礼したいよ」

「じゃあなおさら風見を誘え。風見に相手してもらってくれ。もうテストも終わりなんだから、当分俺に声かけんな」

「えええ……」

そんなに嫌がらなくても――私が返事に困りつつも、諦めていないことを察知した千歳君は、「はー」と盛大な溜息を一つして、教室をのぞき込んだ。

そうして、彼は強硬手段に出た。

「おい風見、岬が呼んでる」

「へ⁉」

「え？」

廊下を挟んで私と月子ちゃん、二人の驚きの声が重なる。

月子ちゃんは私達を見て、小走りぐらいの早足で、廊下に飛び出してきた。

「な、なに⁉」

「あ、あ、あの……ええと……」

驚きと期待に満ちた目で、月子ちゃんが私に聞いてきた。

返答に困る私を見て、千歳君はまた溜息を洩らした。

「テストも今日で終わりだし、岬が、お前をクレープ屋に誘いたいんだと」

「ほんと⁉」

　キラッキラの目で、月子ちゃんは私と千歳君を見た。

「てか、なんで千歳君が言うの？　二人ともそんな仲だっけ？」

「仲は良くない。全然。まったく。でもなんつーか岬とは……遠縁の親戚？」

「え？　そうだったの？」

「へ⁉」

　突然そんなアドリブを振られても困る！

　でも同じ『時守（ときもり）』ということを考えたら、あながち間違いではないのかもしれない。血の繋がりとか、戸籍とかそういうものではないけれど、なんというか……もっと運命的な繋がりっていうか。

「そ、そうなの……だから時々話はするんだ。本当に遠縁だし、千歳君は声かけるとすぐ怒るけど」

「へえー、そうだったんだ。でも納得！　千歳君と岬さんが二人で話してるの珍しいって思ってたんだ」

　こんな滅茶苦茶な嘘だったのに、月子ちゃんは得心がいったようにこくこくと頷いた。

　その少しほどけた雰囲気に、私はチャンスだと思った。

「あ、あの……それでね、美味しいって評判のクレープ屋さんなんだけど、もし嫌じゃなかったら、一緒に行けないかなって思って……」

月子ちゃんに嘘をついた罪悪感を吹き飛ばすためにも、私は普段の何百倍もの勇気を振り絞って言った。

「私と⁉ 今日これから⁉」

「あ、も、勿論、都合が悪ければ断ってくれていいから」

月子ちゃんの顔に困惑が浮かぶのが見えたので、慌ててそう付け加えた。

「うん……ごめんね」

「え……」

断られはしないだろう……なんて思っていた私は、月子ちゃんの返事に言葉を失った。

「あ……そ……そう、なんだ」

答えながら、自分の慢心が恥ずかしくなり、どうしてもっと早く誘わなかったんだろう？とか、色々な後悔が頭の中をぐるぐるした。千歳君も「ほらみろ」っていうように、また眉間に皺を寄せている。

「あの……大丈夫！ つ……風見さんにも予定があるだろうし……」

ショックでしどろもどろになる私に、月子ちゃんが「明日は？」と聞いてきた。

「え？」

「私、今日この後歯医者さん予約してるの……だから、別の日でもいい？」

月子ちゃんが、少しはにかみながら言った。

嫌な訳なんて絶対にない。

結局本屋さんのところではなく、アリオの前にキッチンカーが出ている日にしようという話になった。

お店の出店スケジュールを確認して、改めて日付を決めることにした。

嬉しくて、頭がフワフワする。

休み時間を終えて席に戻るついでに、いつの間にか席についていた千歳君に「ありがとう」と伝えた。

『そう思うなら話しかけんなよ』というように、彼は腕組みしたままぷいっとそっぽを向いた。

4

帰宅後すぐにスマホでSALTY & SWEETの出店スケジュールを調べようとして、見つけたSNSアカウントは、一週間近く更新されていないみたいだった。

仕方ない、本当はそろそろ夕セットに顔を出したいな、と思っていたけれど、今日はSALTY & SWEETに行って、直接スケジュールや定休日なんかを確認することにした。

ついでに菜乃花のクレープも買ってきてあげよう。

自転車に乗るにはちょうど良い寒くも暑くもない気温の中、SALTY & SWEETに向かった私は、看板も何もかもしまわれたキッチンカーを前に途方に暮れた。

「そんな……」

ブラインドが下りた窓には、『しばらくの間お休みさせて頂きます』と張り紙がしてある。

いつからいつまで休むかという期限も書かれていない。

「せっかく、月子ちゃんと約束したのに……」

それに菜乃花のクレープだ。いつも菜乃花が一方的につっかかってくるとはいえ、こんな風にいつも喧嘩ばかりだと、こっちが気を遣って疲れてしまう。

私は菜乃花と喧嘩なんかしたくないっていうことを、わかって欲しかった。

クレープがそのきっかけになったら良かったのに。

「……はぁ」

期待が全部吹き飛んでしまって、思わず溜息が洩れた。

やっぱりこの前の夫婦喧嘩が原因なんだろうか？

先週のことなのに、まだ二人が仲直りできていないのだとしたら……もしかしたらこのまま……。

「…………」

すっかり気が滅入ってしまった私は、気分転換にそのまま自転車をタセットまで走らせることにした。

午前中は曇っていた空は、すっかり雲が晴れて、青空が広がっている。

天気予報では、明日からしばらく暑い日が続くと言うけれど、今日はまだ過ごしやすい気温だ。

自転車で風を切って走るのが心地よい。

どこかで草を刈った後の、青々とした甘い匂いがする。

久しぶりの自転車はちょっと疲れたけれど、去年までの私なら、こんなに長い距離を走ることなんてできなかっただろう。毎日のように自転車でここまで通っているうちに、いつの間にか体力がついていたのかもしれない。

雪が降り始めたらどうやって通おうか——それを考えると怖い。地下鉄とバスを乗り継いでだと、あっという間にお小遣いは尽きてしまう。

それまでに、今よりもう少しお母さんや菜乃花と上手くやっていけるようになるだろうか？

考えると憂鬱(ゆううつ)になるので、全部吹き飛ばすようにペダルを漕いだ。嫌な気持ちは向かい風が浚(さら)ってくれる。

タセットまで、あともう少し。

「あら、お久しぶり！」

カロンカロンとドアを開けるなり、嬉しそうに時花(はやり)さんが笑顔で私を迎えてくれた。

「いらっしゃい」

と、いつも通りの声をかけてくれたのは日暮さん。

二人が立つカウンター前の席では、菓子店『シマエナガ』のパティシエール小鳥遊さんが珈琲を飲みながら、膝に顎を載せているモカを撫でていた。

店内は珈琲の香りで満ちている。

その香りに、なぜだかとても安心した。

「お久しぶりです。期末テスト勉強で、忙しくて」

「わあ偉い」

「いつも友達と勉強するって言って家を出ていたから、テストの結果が悪かったら、もう言い訳にできないなって思って……」

来なかった理由はそれだけじゃないけれど、そうとしか言えなかった。

時花さんはダメだって言っているのに、千歳君と過去を変えていたなんて……。

「それで、結果はどうだったの？　大丈夫？」

「あ……大丈夫……です、多分……」

勉強を頑張ったのは本当だったから、後ろめたさを感じつつ控えめに頷いた。

「そうなのね、お疲れ様！　じゃあご褒美にうんと甘くてスペシャルなラテ作ってあげる！」

悪戯っぽく笑う時花さんと日暮さんが、私に珈琲を準備してくれる間、小鳥遊さんと雑談をしながら、間に挟んだモカを二人で撫でた。

雨音を聞きながら話した時間は、今の私と彼女の間には存在していないけれど、私は小鳥遊さんのことが好きだ。

新しい世界でも小鳥遊さんは小鳥遊さんで、私達の会話はワルツのリズムで弾んだ。

ややあって、すっかり私専用になった赤いマグカップに、たっぷりふわふわのミルクが溢れそうなカフェラテが用意される。

ふうふうと冷ましながら、一口。

エアコンで適度に冷えた店内は、自転車を漕いで汗ばんだ体には、少しだけ寒かったので温かいラテのぬくもりが嬉しい。

こくんと嚥下(えんげ)すると、鼻に抜ける香りはベリー、チェリー、チョコレート……なんていうか、普段より豪華に感じた。

香りは複雑だけれど軽やかで、珈琲の味は一瞬ミルクに負けそうなほど優しいのに、舌の上にしっかりと低音のように響いていく。

「これ……すっごく美味しい」

久しぶりに飲んだからだろうか？　もしかしたら今まで飲んだ珈琲の中で一番かもしれない。

小さな感動に震える私を見て、カウンターの中で時花さんと日暮さんがグータッチしていた。

「ねー？　言った通りでしょ？」

「でも選んだのは僕ですから」

そんな風にお互いドヤ顔の二人に、「どうしたんですか?」と問いかけると、二人はさらににんまりした。

「陽葵(ひまり)ちゃん、苦みや酸味は苦手みたいだけれど、意外とコクはしっかりとある珈琲の時のラテが、一番喜ぶねって話していたの」

「私が?」

「ええ。だからバランスが良すぎる珈琲より、コクに傾いてる豆の方がいいんじゃない?って二人で選んだのよ」

お店に来られなかった間に、二人が私の好きな珈琲を探してくれていたんだって知って、頬が火照るのを感じた。

「豆をコロンビアマグダレナにしてみたんです」

日暮さんが言った。

「コロンビア?」

「コロンビア南部のウィラで採れる珈琲よ」

「酸味や苦みは控えめですが、しっかりとコクが強く、そして甘い香りが広がります。焙煎(ばいせん)は少し強めのフルシティローストにしたので、ミルクに負けずにアロマ、フレーバー共により豊かな、深い味わいになりました」

「この焙煎でも、苦みは控えめで飲みやすいでしょう?」

「はい」

日暮さんの説明は相変わらず異国の呪文のようだったけれど、時花さんの言う通り、苦みは微かで気にならない。

「豆でこんなに違うんだ……」

珈琲豆に色々な種類があるのは知っていたけれど、ここまで味や香りが違うとは思わなかった。

「ええ。同じ豆でも、焙煎度合いやハンドピックでも変わるのよ」

「ハンドピック？」

今度は時花さんの口から、新しい呪文が飛び出した。

「焙煎前に、生豆を仕分けするんです。グレードや産地にもよりますし、最近はどの豆も上質になってきてはいますが、黴（か）びた豆や『貝殻豆（かいがらまめ）』と呼ばれる発育不良の物、虫食い等の問題のある豆や、小石なんかが紛れ込んでいる場合もあるんです。それを焙煎前後に確認し、取り除く作業を『ハンドピック』といいます」

「今は昔と違って、そういう欠点豆も少ないし、そんなに一生懸命やらなくていいっていう人もいるけれど、日本はとくに日暮君みたいにねちねち時間をかける人が多いわよね」

「珈琲豆に対する信仰心のようなものなので」

時花さんに冷やかすように言われた日暮さんが、自分の胸に手を当てて言った。

「よくない豆が数粒あるだけでダメなの？　一杯の珈琲で六十粒でしょう？」

　石が入っていては勿論ダメだろうけど、虫食い豆の一粒くらい、どうってことないんじゃないかって思う私に、時花さんが不思議そうに瞬きをした。

「あら、よく知ってるのね。うちはカップサイズが大きいから、もうちょっと多いよね？」

　時花さんが日暮さんに訊くと、「豆によるけど、多分八十粒前後かな」と彼は答えた。

「そうなんだ。ベートーベンは毎朝、必ずきっちり六十粒の豆を数えて珈琲を淹れていたって話があるの」

「へえ……詳しいね」

　それまで黙って私達のやりとりを眺めていた小鳥遊さんが、面白そうに言った。

「六十……豆や淹れ方にもよりますが、もしかしたら少し薄めが好きだったのかもしれないですね」

　淹れ方はガラス製のコーヒー沸かしだって話したら、そこから大人達はいったいどんな器具か？　という話題で盛り上がっていた。

　その時代はまだ、サイフォンが発明されていなかったらしい。

　結局の所、それはガラス製のパーコレーターだろう、ということで落ち着いた。

　火にかけて沸騰させたお湯を、蒸気圧で挽（ひ）いた豆に浸透させる、循環式コーヒー抽出器具のことらしい。

淹れる時間で好みの濃さにできるらしく、それならすこし少なめの六十粒でも、きっと美味しく淹れられたんだろうって結論になった。

「でも……それでも百粒にも満たない豆でしょ？　珈琲豆ってそんなに繊細なんだ」

「まったく影響がないとは言えないですね。ただ……そういうのも含めて、『その一杯』の味なのかもしれないです」

「じゃあ本当は一杯一杯で味が違うんだ……」

だったら今日飲んでいるこの一杯を、大切に味わうようにしなきゃって思った。

「同じお父さんとお母さんから生まれても、兄弟姉妹で似ているところも、まったく違うところもあるでしょう？　人も珈琲もきっとそれぞれひとつだけ。同じ味は存在しないんだわ」

「そっか……」

確かに、私と菜乃花は全然性格が違う……私は急に菜乃花のあの不機嫌な態度を思い出してしまい、思わず溜息がこぼれた。

「確かに妹と私、顔は似ている気がするけれど、性格はまったく別で……いつも妹が何を考えているか、よくわからないの。毎日怒ってばっかりで……」

「……仲が良くないの？」

私が飲んでいるのと同じ豆で珈琲のおかわりをオーダーしてから、小鳥遊さんが少し遅れて訊いてきた。

「私はせめて普通に話せるくらいにはなりたいのに……菜乃花は私のことが好きじゃないみたい」

理由は本当によくわからない。

元々そんなに仲が良くなかった……気はする。

ただ最近の菜乃花は私への当たりが余計に強い。

お母さんは反抗期だからって言うけれど……もしかしたら、菜乃花も本当は札幌に来たくなかったのかもしれない。

札幌に戻ってきたのは私のせいだけじゃないけれど、私が今も留学していたら、どうだったかわからない。

私はお祖母ちゃんっ子だったけど、菜乃花はずっとお祖父ちゃんっ子だった。

お祖父ちゃんはスピードスケートの選手を目指していた時期があった人で、菜乃花はちっちゃな頃から、お祖父ちゃんにスケートを教えてもらっていた。

帯広の方は寒いけれど、道内でも降雪量が多い地域ではないから、スキーよりもスケートが主流なのだ。

菜乃花がスケートの選手になりたかったかどうかは知らない。

ただ札幌ではフィギュアスケートの教室はいくつもあるけれど、一年中スピードスケートの練習ができる教室はほとんどないって聞いたし、子供だけでは通わせてくれないだろう。

お母さんは転んだら危ないからって、スケートをあまりよく思っていない人だ。週末あの子に付き添って、リンクに通ってはくれないんだと思う。

私がいつもピアノを弾いていたように、菜乃花は氷の上で風のように滑っていた。

ピアノがなくなっても私には夕セットがある。菜乃花には今、何があるんだろう……。

「菜乃花には余計なお世話かもしれないけど、私は妹ともうちょっと仲良くしたいの。そのきっかけにできそうだったクレープ屋さんを見つけたのに、もしかしたらこのまま閉店しちゃうかもしれないんだ」

思わずまた大きな溜息を洩らしてしまった。

「クレープ？　美味しいの？」

小鳥遊さんの分の珈琲を淹れながら、時花さんが私を見た。

「それが、私はまだ食べたことがなくて——」

そこから私は、三人にこの前の、SALTY & SWEETで起きた出来事を話した。

「はー、初恋ねぇ」

コロンビアマグダレナをブラックで飲みながら、呆れたように小鳥遊さんが言った。

「はじめて好きになった人のことって、そんなに忘れられないものなのかな」

私が呟くと、小鳥遊さんは「ウーン」と唸って、そして日暮さんを見た。

「日暮さんは？　男の人にとって、初恋の人は、やっぱりずーっと特別？」

「え？」

突然話を振られて、日暮さんはどぎまぎしたように私達を見た。

「ど、どうでしょう……そういうのも人それぞれかと……？　性別でくるのも、主語が大きすぎる気がしますし……」

「それは確かに。でも、世の中の通説としては、わりと一般的だよね？『男は初恋の相手を忘れない』って」

「そうですねぇ」

小鳥遊さんが首を傾げると、時花さんが頷いた。

「そしてそれを理由にしてしまうのも、ちょーっと横暴に感じちゃうなぁ」

「だよね。てか、そら奥さん怒るに決まってるって。そもそも既婚を隠すのがおかしいし」

「本当に飲みに行っただけならギリギリグレーって感じだけど、そこから真っ黒に染まる可能性大だしねぇ……」

「うんうん」

大人の女性二人は、そう言って頷き合っていた。

「でも……本当にずっと忘れられなかったら、苦しいね」

私はモカの頭を撫でながら呟く。『初恋の相手を忘れない』という言葉が怖いと思った。私も一生竜太さんを忘れられないんだろうか？　それとも本当に男の人だけのことなのかな。

「同じ初恋でも、形にならなかった恋愛だから美しいんじゃないでしょうか。蕾のまま手放した花は、その美しさを心の中で望むままに楽しむことができるし、枯れた姿を見ないで済みますから」

日暮さんがそう答えた。

「『恋人』という一つの形になって、想いが通じ合う時間を何度も重ねるのは幸福ですが、同時に嫉妬、寂しさ、怒り——そういう嫌な思いもたくさん味わうのが、現実の恋愛だと思うんです。喜怒哀楽が染みこんだ愛と違い、純粋な思慕だけで作られた初恋は、いつまでも綺麗なまま、心の中に残るのかもしれないですね」

「確かに……別れたクソ彼氏のことなんて、一秒でも早く記憶から抹消したいもん」

小鳥遊さんがまたうんうんと頷きながら言った。

「まぁ、だとしても二人でやってる店なんでしょ？　育児と仕事で奮闘する嫁を置いて、その『初恋の人』とデレデレで飲みに行こうとするなんて、そりゃ修羅場にもなるでしょ」

「そうね。それに仕事相手が身内だとか、お互い遠慮のない関係性だと、逆に喧嘩になると大変かもね」

時花さんが日暮さんに、同意を求めるようにして言った。

「え？　遠慮？」

理解しかねるというように、日暮さんが時花さんを見て眉を顰めた。

「え？　って何よ……私だって随分遠慮してますけど？」

「…………」

不満げな時花さんを前に、日暮さんが黙って目をそらしたので、私と小鳥遊さんは思わず吹き出してしまった。

「でもさ……ほんとそうなんだよね。その点では旦那さんの言い分もわからないでもない」

笑顔のまま小鳥遊さんが珈琲を一口飲む。美味しそうに目を細めた彼女は、今までより少し声のトーンを落として言った。

「うちも母と二人で店やってるけど、意見が合わない時とかちょっと大変でね。家族で仕事する特有のストレスっていうか、閉塞感はわかるのよ。旦那さんの息抜きしたいっていうのもね」

「だからといって、女と飲みに行くなんて処されて当然だけど」と後ろに付け加えるのを忘れなかったので、それが否定なのかフォローなのかわからなかったけれど、私もその『閉塞感』というのはなんとなくわかった。

多分私もそういう理由で、いつもタセットに来ていたのだと思うから。

「じゃあ、仲直りしてくれるまで、店はお休みかな……」

少なくとも、一緒に働けるほどには、まだ二人の関係性は回復していないってことなんだろう。

だから営業再開時期もはっきりとは言えないし、SNSだって止まったまま。やっぱりこのまま閉店ってこともあり得るかもしれない。

「菜乃花にクレープ……買いたかったな」

溜息と共に吐き出すと、「他に美味しいお店探してあげましょうか？」と時花さんが心配そうに言ってくれた。

「うちのお菓子持って行く？　可愛い缶のクッキーセットとかあるよ？」

「あの子がクッキーを食べてるのを、見たことないの」

小鳥遊さんも気にして言ってくれたけど、事前にその確認すらできないほど、私は菜乃花とコミュニケーションがとれていない。

普段から買い食いをしているようには見えない菜乃花が、あの日どうしてクレープ屋さんにいたのかもわからない。

「……だったら、お休みの日、妹さんと一緒にクレープを作ってみたらどうですか？」

しょんぼりしてしまった私に、日暮さんがそう提案してくれた。

「え？」

「断られたら一人で作ってもいいでしょうし、トッピングだけ本人にやってもらうとか。一番の目的は、仲直りのきっかけなんでしょう？」

「あ……だったら土曜日ちょうど、お母さん用事があるって。お小遣い置いていくから、近くのセコマで何か買って食べてって言ってたけど、じゃあその時焼いて――」

そう言いかけて、私はすぐにまたしゅんとなった。

「でも……自分のいないときに火とか使うと、お母さん心配するの」

私、もう中学生なのに。そもそもお母さんは、私がキッチンを使うこと自体を嫌うから、クレープを焼きたいなんて言ったら、お母さんがすべてやってしまうだろう。

「ホットプレートは？」

小鳥遊さんが言った。

「クレープから少し離れちゃうけど、パンケーキにしたら？　ホットプレートもない？」

「あ、あります……そか、パンケーキも美味しいですよね！」

生地を薄焼きするクレープは、慣れるまで綺麗に焼くのにコツがいるという。四角いホットプレートで綺麗に焼くのも難しいって。

その点パンケーキだったら、ホットプレートで一度に何枚も焼けるし、温度管理がしやすくて、焼き色も綺麗に付くよ、と小鳥遊さんに勧められ、私は俄然やる気が湧き上がった。

「それなら妹とも作りやすい気がします」

「じゃあちょっと待ってて。レシピがあった方がいいよね？　あと急いでパンケーキ用に店の粉類をブレンドしてきてあげる」

「え？」

それはとても嬉しい。助かるし、小鳥遊さんのレシピだったら、きっと美味しくなるだろう。

「そこまでしてもらうのは、さすがに甘えすぎじゃないですか？」

おずおずと訊くと、小鳥遊さんはにーっと笑った。

「あのね、こんなこと言うと変だって思われそうだけど……子供の頃ね、大通公園で陽葵ちゃんにそっくりな子に会ったの。その子が私の大事な忘れ物を拾い上げてくれたから、今の私があるんだ」

「大通公園で？」

「そ。その子にものすごーく似てるの。陽葵ちゃん。年齢も今の陽葵ちゃんときっと同じくらい」

「あ……」

小鳥遊さんが嬉しそうに言ったので、思わず時花さんを見た。彼女は苦笑いを浮かべて頷いた。

きっと、私が過去で小鳥遊さんの時間を変えてしまった時のことだ。嬉しくて胸がジンジンする。

「でもその子には私、ちゃんとお礼も言えなくてね……。だからこれは完全に自己満足の話なんだけど。今度は私が力になりたいの。彼女に似ている貴方の」

だったらこの厚意は受け取ってもいいだろうか？

胸を押さえながら、もう一度確認するように時花さんを見る。

「そういうことなら、しっかり甘えておいた方が良いわね、陽葵ちゃん」

時花さんもにっこり笑って言ってくれたので、ほっとして「じゃあお願いします」と小鳥遊さんに頭を下げた。

本当のことを言えたら良いのに。それは私だったんだって。

でも言っても信じてもらえないだろう。

「じゃあ、うちは日暮君特製のキャラメルソースをお土産に持たせてあげようかな。バナナと一緒に載せて食べると、震えるほど美味しいから」

そうやって大人達に背中を押され、私の土曜日の予定が決まった。

月子ちゃんとのクレープデートのためにも、SALTY & SWEETには復活してもらいたいけれど、できることからやろう。まずは菜乃花のことだ。

これからはもう、待つんじゃなくて自分から動かなきゃ。

この決意すら周りに影響されすぎだと、千歳君には笑われてしまうかもしれないけれど。

それでも私は、自分を変えていきたいと思った。

私に『その子』は現れない。過去を変えてはくれない。私の時間は一度きりだから。

5

次の土曜日、お母さんからもらったお昼代の千五百円を手に、勇気を振り絞って菜乃花の部屋のドアを叩いた。

「ねえ、お昼なんだけど……もらったお弁当代で材料を買って、二人でパンケーキを焼いて食べない？」

「はあ？」

ドア越しに返ってきた「はあ？」は、語尾が高く上がった攻撃的な音だったけれど、私はそこで怖じ気づかずに、もう一歩踏み込んだ。

「ホットプレートを使えば、火事の心配もないし、綺麗に焼けるって聞いたの。この前のクレープ屋さん、ずっとお休みしたまんまだし、それに今度友達とパンケーキパーティしたいなって思ってて、その練習をしたくて……」

「勝手にやればいいじゃん」

「そうだけど……でも、せっかくなら菜乃花もパンケーキ、一緒に作ったら美味しくて楽しいかな？　って思ったの」

「………」

返事はなかった。それでも私は、頑張って声を張り上げた。

「どう？　菜乃花。一緒にやらない？」

「…………………やる」

長い長い沈黙は、菜乃花の葛藤だったんだろうと思う。その沈黙の末、小さな声が返ってきた。

「じゃあ、着替えて！　一緒に材料買いに行こう？」

そうして連れ出した菜乃花は、不満たらたらではあったけれど、私たちは区役所近くのスーパーに出かけて、材料を物色した。

「牛乳……は、家にあったし大丈夫かな？」

予算は千五百円。粉は買わなくて良いとしても、材料費は上手く節約しなきゃ、欲しいものは揃（そろ）わなそうだ。

「牛乳は飲んでも何も言われないだろうけど、卵はこの四個入りの買って使い切った方がいいと思う。数減ってたら、勝手に作って食べたのバレちゃうから」

「確かに……お母さん、なんて言うかわからないものね」

「うん」

菜乃花は私よりも冷静に、材料を選んでいた。

なにせ私は、卵の横に書かれた（Mサイズ）という文字を見ても、実際目の前に並ぶ卵のどれがMサイズで、それ以外が何サイズなのかもわからない。

私は改めて、自分が無知だと思った——お母さんに反発心を抱きながら、毎朝食べている卵でさえ、全部お母さんに任せ、甘えている。

お母さんにおんぶに抱っこの私よりも、菜乃花の方がずっと大人な気がする。

そういう所も、もしかしたら菜乃花をイライラさせていたのかもしれない。

「後は？」

「粉はあるから……後はトッピングかな？」

やっぱりパンケーキといえば、苺。赤くて甘くてすっぱくて、可愛い苺に憧れる。

でも売り場で並ぶ苺を見て、私たちは絶望した。一番安いのでも一パック五百九十八円もするんだ……。

「苺高いね」

「うん……どうする？　菜乃花がどうしても食べたいって言うなら——」

「別にいいよ、バナナとかで。ほら、こっちのバナナなら、量もちょうどいいし百九十八円だよ」

本当にどっちが『お姉さん』だかわからないな……と思いながら、私は菜乃花の言う通り、バナナをかごに入れた。

もらったキャラメルソースもある。バナナキャラメルパンケーキなんて、美味しいに決まってる。

それに何より、こうやって菜乃花が一緒にお買い物してくれていることが嬉しかった。

と思う。

菜乃花がそれがいいっていうなら、苦手なグレープフルーツでも、きっとかごに入れた
「あ、クリームは、電動のホイッパー？　がないと手が疲れちゃうから、『市販のもうホイップ済みのを使ったらどう？』って言われたの。冷凍のがあるんだって」

「うちに電動ホイッパーもあったはずだけど、楽な方がいいからそれでいいと思う――って、でっか！」

冷凍コーナーに移動して、ホイップクリームを見つけるやいなや、菜乃花が声を上げて笑った。

冷凍された三角形のホイップクリームは、五〇〇㎖と書いてあって、二人で食べる量じゃない気がする。

「これはさすがに食べきれないかな？」

「え？　なんとかならない？　一度で良いからパンケーキにクリームを山盛りに絞って食べてみたい！」

「……そっか、うん。そうだね、そうしよ」

内心、そんなに食べられるの？　って思ったけれど、菜乃花があんまり嬉しそうに言うから、私は冷凍のホイップをかごに入れた。

「陽葵ちゃん！　アイスも載せよ！」

「え……⁉　あ、う、う、うん！　載せよう！」

今、菜乃花が私を『陽葵ちゃん』って呼んだ⁉　もしかして初めてじゃない？

「まだお金大丈夫？」

「大丈夫だよ！　私も少しお小遣い持ってきてるし！　どのアイスにする⁉　何個？　高いアイスにする⁉」

　菜乃花が欲しいなら、この三百円するアイスだっていいよ⁉

「普通のバニラの一個でいいよ……それと、ベーコン載せたのも食べてみたい」

　嬉しくてたまらない私の圧に、ちょっと困ったように笑った後、菜乃花は精肉コーナーを指さした。

「え？　ベーコン？」

「うん。カリカリに焼いたベーコンを載せて、シロップかけて食べるの！　前に映画で食べてるの観て、美味しそうだった！」

「それは是非やりましょう」

　やらせて頂きましょう。私は迷わずスライスベーコンもかごに追加した。

　更にシュワシュワさっぱりな、ペットボトルのリボンシトロンを買って、お店を出た。

「手、痛くない？　菜乃が買ったもの持つよ？」

　買い物袋を下げて歩き出した私に、菜乃花が心配そうに言った。

「平気！　右手で持てば大丈夫だから」

「ほんと？」

「じゃあ、玄関の鍵は菜乃が開けてくれる？」

「おっけ！　あ、ねえ、そっちの道から帰ろ！　すごく吠える犬がいるから」

そんな風に話しかけてくる菜乃花は、いつも家で閉じこもって、すぐに怒り出す菜乃花とは全然違っていた。

菜乃花はおとなしい犬だったら好きらしい。それを訊いて、いつかモカに会わせてあげたいと思った。

家までの道のり、私達は時折会話に詰まりながらも、喧嘩をせずに帰り着くことができた。

きっと他の人が見たら、仲の良い姉妹だと思っただろう。

いよいよパンケーキ作りを始めると、料理をほとんどしない私と違って、菜乃花は手際が良かった。

「あ……」

「うっわ下手くそ」

卵を割ったものの、細かい殻が大量にボウルに入ってしまった。菜乃花は容赦がない。

「どうしよう、新しいのにする？」

「大丈夫。目の細かいザルで漉せば良いよ。どうせ混ぜるんでしょ？」

彼女は頼もしく、もう一つボウルを用意してザル越しに入れ替え、卵の殻を綺麗に取り除いてくれた。

「すごい。本当に菜乃の方が詳しいね」

「陽葵ちゃんと違って、私はちーっちゃい頃から、お祖母ちゃんのお手伝いさせられていたから」

ふん、とちょっと不満げに菜乃花が鼻を鳴らした。

「そっか、そうだったもんね……私もやってみたかったな」と呟くと、またあの「はあ？」が返ってきた。家に帰るとダメなんだろうか？

「本当に、やらせてもらえなかったの」

「よく言うよ、お手伝いは全部私に押しつけてたくせに。自分はピアノばっか弾いてさ」

「だって、お母さんがダメだって――」

「あー、はいはい」

そんな私の言葉を遮るように、ガチャガチャと音を立てて、菜乃花は泡立て器でボウルをかき混ぜた。

落ち込みそうになったけれど、この程度で済んでいるっていうのは、もしかしたらすごい進歩かもしれない。

今までだったら菜乃花は怒って、とっくに部屋に閉じこもってしまっているだろう。

「あ……そうだ、どうしよう？　生地ね、よく混ぜるともっちりしっとり系で、粉が残るくらいさっくり混ぜると厚くてふわふわするんだって」

気を取り直して、ボウルに牛乳を加えながら菜乃花に確認した。

「んー……もっちりしっとりがいいな。でも陽葵ちゃんがどうしてもふわふわがいいなら、それでもいいけど」

「ううん、菜乃の好きな方で良いよ」

やっぱりだ。菜乃花の機嫌はそんなに悪くない。

こんな簡単なことだったなんて……と私は泣きそうになりながら、小鳥遊さんの用意してくれた特製パンケーキミックスを出した。

タセットの二人と小鳥遊さん、そしてなんでも受身になる私を否定してくれた千歳君に感謝がとまらない。私、今まで何をやっていたんだろう。

そうして、「焼き色が綺麗になるんだよ」と教えられた通り、生地に蜂蜜をとろり、更にサラダ油もひとさじ加えて（生地が剝がれやすく、口当たりが良くなるらしい）、菜乃花に混ぜてもらっている間に、あらかじめ保温しておいたホットプレートを確認した。

一六〇度に設定したホットプレートは、加熱されたテフロンの、独特なにおいがしていた。つまり十分温まっているみたいだ。

テーブルに置いておいた冷凍のホイップクリームも、まだまだ冷たくはあるけれど、触るとちょうど柔らかくなっている。

トッピングのバナナは変色してしまうから、食べる直前に切るのがいいそうだ。

あとはもう、生地を焼くだけ。思ったよりも簡単にできることにびっくりした。

「生地をね、少し高いところからとろーって流すと、綺麗に丸くなるんだって」

小鳥遊さんのアドバイスに従って、レードルですくったパンケーキ生地を十五センチくらいの高さから、とろーりと流した。

本当だ！　シュウシュウ音を立てて、生地がちゃんと丸く広がっていく。

「ほんとだ！」

甘い香りの中、私が心の中で叫んだのと同じタイミングで、菜乃花も叫んだので嬉しくなった。

「菜乃花もやる？」

「むしろ菜乃がやりたい」

火傷しないか心配ではあったけれど、菜乃花は私よりしっかりしているので、任せても良いだろう。私はボウルを手渡した。

「……菜乃花、上手いね」

菜乃花の生地は、びっくりするほど綺麗なまんまるに広がる。

隣にある私の生地は、ちょっと楕円(だえん)気味で、上の方がでこぼこしていた。

空いているスペースに、続けてもう一枚流し入れた生地も、これまた綺麗にまんまるで、私はちょっとだけ凹んだ。

「陽葵ちゃんは下手だけど、……これ、クマみたいで可愛いよ？」

そんな私を気遣ってくれたのか、それとも単純にそう思ったのかはわからないけれど、菜乃花がフォローしてくれた。

ああもう、菜乃花ちゃん……なんて優しい……。

気を取り直して、表面がふつふつしはじめたところで、自分の生地をひっくり返す。

フライ返しをねじ込んだ部分がぐしゃっとよれてしまったものの、見事にむらなく綺麗な焼き色が付いていた。

お店で食べるパンケーキみたいな、美味しそうな色。

私たちは歓声を上げた。生地がむくむくと膨らむのを見て、更にわあああ喜んだ。

菜乃花が焼いたのはもっと綺麗だ。

私は潔く焼く係を菜乃花に任せ、使った道具を綺麗に洗う係を担うことにした。


そうして焼き上がったパンケーキ。

大きさはまちまちで、焼き色も薄いの濃いのはあったけれど、どれも美味しそうだ。

それを贅沢に二〜三枚重ね、ホットケーキ一面を覆い尽くすほどクリームを絞り、バニラアイスとバナナとタセット特製キャラメルソースをとろとろ。

危なく忘れそうになった、お礼と報告用の写真を慌てて撮った後、ナイフでお行儀良くカットして、ひときれをぱくり。

「んー！」

先に食べた菜乃花が、嬉しそうに驚きの声を上げた。

「うわ、美味し……」

私も言葉を失った。用意してもらった粉で、レシピに書かれた通りに作っただけとはいえ、想像の何百倍も美味しかった。

時花さんに勧められた通り、バナナとキャラメルクリームの組み合わせは、多重奏の美味しさだ。しかも今日はバニラアイスまで豪華に載っている。

苺が良かったな……なんて思いは、一口でどこかに消えてしまった。

「うんま！　陽葵ちゃん、これすごく美味しい」

菜乃花も目をキラキラさせている。

生地を焼き終わった後のホットプレートでは、ジブジブと音を立てて、ベーコンがカリカリに焼き上がろうとしている。

菜乃花はその横で、余った卵で目玉焼きを作っていた。

キャラメルバナナパンケーキの後は、ベーコンパンケーキだ。

目玉焼きとカリカリベーコンを載せ、なんとメープルシロップをかけて頂くのだ。

これもベーコンのカリカリとした食感や塩味や、シロップの甘みと香りが、なんだか色々複雑で、最初は『ナニコレ⁉』ってなったけれど、食べ慣れるとやみつきになる味だった。

その後はめいめい、シンプルにバターとシロップ、苺ジャムと生クリームを載せて、好き勝手に食べた。

菜乃花が小さめにたくさん焼いてくれたお陰で、色々な味が楽しめて嬉しい。舌が甘さで怠くなっても、リボンシトロンのシュワシュワさっぱりが助けてくれる。

二人でお腹がはち切れそうになるほど、パンケーキを食べた。

さすがに食べきれないかなと思ったのに、気が付いたら残りは一枚——私の大きなへたっぴクマパンケーキだけになった。

「最後の一枚、半分こしようか」

「うん……あのさ、これ、もう一回あったためて、お砂糖とたっぷりバター載せて食べてみていい？」

一番最初に焼いたので、クマパンケーキは既に冷たくなっている。温め直すのは大正解だと思う。

「シンプルで美味しそうだね」

菜乃花はホットプレートでパンケーキの両面をさっと温めて、そこに「多すぎない？」ってくらいのバターと、グラニュー糖をざらざらとたっぷりまぶした。

それを半分こにシェアして食べる。

「んんん！　このお砂糖がジャリジャリする感じ、すっごい美味しいね⁉」

「うん！」

菜乃花も嬉しそうに、美味しそうに顔をほころばせた。

あの心配になる程の量のバターもお砂糖も、不思議とちょうどいい加減だった。そうして、パンケーキは全部私達のお腹に綺麗に収まったのだった。

「クレープも食べてみたかったけど、パンケーキも美味しくて楽しかったね」

すっかり満足してしまった私は、少し食べ過ぎてふうふうしながらも、菜乃花にそう言った。

「うん……」

でも菜乃花のリアクションはいまいちだった。

「え……あんまりだった？」

楽しかったのは私だけなんだろうか？

「ううん、そうじゃないけど……でもやっぱり、クレープ食べたかったなって思ったの」

「そっか……ごめんね、私、菜乃花がそんなにクレープ好きだって知らなかったの。そもそもそんなに食べてる所を見てなくて」

少なくとも、クレープは私にとって、身近な食べ物じゃなかった。

そんな私に、菜乃花は不意に泣きそうな顔をした。

「うん……あのね、スケート教室の帰りに、お祖父ちゃんが時々クレープ買ってくれたの」

「あ……」

「あんな風にトラックのお店でね、お砂糖とバターだけの、あったかいクレープ。焼きたてアツアツのをね、お祖父ちゃんと半分こして食べたの」

お祖父ちゃんっ子の菜乃花。

お祖父ちゃんは無口で、のっそりしていて、私は少し苦手だったけど、菜乃花はそんなお祖父ちゃんと、いつも楽しそうに過ごしていたのを思い出す。

「それがすごく美味しくて、懐かしかったんだ……」

菜乃花の両目から、ぽろりと涙がこぼれた。

「だから本屋さんにノートを買いに行って、クレープの焼ける匂いを嗅いだら、どうしても我慢できなくなった」

「そっか……」

お祖父ちゃんのいない札幌で、菜乃花はいつもツンツン、イライラしているみたいだった。

お母さんは簡単に『反抗期』の一言で片付けてしまう。

私にはタセットという逃げ場があるけれど、菜乃花は毎日どうしていたんだろう。いつも部屋に一人で閉じこもって。

「……お祖父ちゃんがいなくて寂しい？」

「…………」

返事はなかったけれど、菜乃花の顔がくしゃっと歪(ゆが)んだ。

「菜乃――」

「う、うるさい！　陽葵には関係ない！」

「あ……」

菜乃花は怒ったように叫ぶと、またいつものように自分の部屋に飛び込んでしまった。

一人残されて、急に静かになってしまったリビング。

パンケーキの甘い香りの中に、さっきまで響いていた菜乃花の笑い声が、微かに残っているような気がした。

お母さんに内緒のパンケーキパーティで、私は菜乃花に近づけたと思ったのに、また振り出しにもどってしまったみたいだ。

「やっぱり、菜乃花は寂しいんだ……」

——ううん、違う。きっとそんなことはない。少なくとも、私は。

気難しいけれど、菜乃花は私のたった一人の妹で、大事な家族だ。

しっかりしているけれど、まだ小学四年生なんだ。

お祖父ちゃんの代わりにはなれなくても、私が守ってあげなくちゃ。

私は強く自分の心に誓った。

6

翌日、私はまたSALTY & SWEETのキッチンカーの前にいた。

「やっぱりまだお休みなんだ……」

お店は閉まったまま、窓の張り紙は風のせいか、それとも誰かの悪戯なのか、半分くらい破れている。

他のお店を探すしかないんだろうか？　私が短い溜息を一つ洩らした、その時だった。

「あ」

ちょうど家から出てきたお店の男性――確か『ヒロ』さんと目が合った。

その手には新しい張り紙と、テープが握られている。

営業再開だとか、新しい出店スケジュールだったらいいなという私の期待に反し、それは休業のお知らせだった。

「……ごめんね、代わりの焼いてあげられなくて」

申し訳なさそうにヒロさんが言った。

この前キッチンカーの中で見た、こざっぱりしたコックさんの白衣ではなくて、Tシャツにスウェット姿だ。なんとなくだらしなく見えるのは、後頭部の寝癖のせいかもしれない。

「お店……再開しないんですか？」

「うん……それがいつも生地を作っていた奥さんが、実家に帰っちゃってさ。生地の配合は奥さんしか知らなくて……だからこのまま閉店するかもしれない」

やっぱりか……覚悟はしていたけれど、『閉店』の二文字が、私の心をぎゅっと締め付けた。

「仲直りは……無理なんですか？」

「どうかなぁ……」

それが言うほど簡単じゃないことはわかる。でも彼はまるで他人事のように言った。

「もうね、何ヶ月も前から、喧嘩ばっかりだったんだよ」

「どうして？」という言葉は、さすがに口には出さなかったけれど、私の表情を見てわかったんだろう。彼は苦笑いした。

「どうしてかな。お互い疲れて余裕がなかったから……かな」

「………」

「元々ね、クレープリーを開きたがっていたのは奥さんなんだ」

「クレープリー？」

「そう。甘いのだけじゃなく、食事用のそば粉のクレープとか、お酒を飲んだりできる店。ちょうど僕も仕事で体を壊した後だったから。それならいっそ、二人で店を始めようかってことになったんだ」

お互い仕事をしていたので貯金は多少あったけれど、いきなり店舗を構えるのは不安だからと、奥さんはキッチンカーを選択した。

早目に子供が欲しいという希望もあったらしい。

二人とも二十代後半、万が一お店が上手くいかなかった時、三十歳を越えてからでは転職は難しくなる。

そんな状況で子供を育てるよりも、お互いに体力もある今の方がまだ余裕があるだろう。何より命は授かり物だから、望んだ時すぐに得られるわけでもない。

よく話し合って、二人ともしっかり覚悟をしていたはずだった。それでも二人で新しい仕事を始める矢先の妊娠出産は、奥さんにも、そしてヒロさんにも、大変な苦労があったそうだ。

少しずつお客は増えてきたけれど、貯金はみるみる減っていく。

経済的にも不安定な状況で、家事と仕事と育児をしているせいか、次第にどちらからともなく喧嘩が増えてきた。

やっと売り上げが安定してきても、元々大変な状況に、ますます仕事の忙しさが積み重なり、二人の関係は悪化するばかりだった。

奥さんは毎日怒った顔しか見せない。

最近はとくに赤ちゃんの夜泣きが酷く、二人とも寝不足なせいか、他愛ない会話にもすぐに棘が生えた。

「でも僕は喧嘩したいわけじゃないんだ。本当は奥さんだってそうだったと思うけど……なんでかな、すぐにお互いイライラしちゃってたんだよ」

俯いたその表情が、ガラス窓に映っている。

痛みを堪えるような、辛そうな表情が、私の胸に刺さった。

喧嘩したくないのに喧嘩になってしまう歯がゆさは、私もいつも菜乃花に感じているから。

本来は奥さんが自分でやりたかったお店だ。自分でできない歯がゆさがあるのだろうか。ヒロさんの手際やサービス、商品の仕上がりなどにも、奥さんの不満は溢れた。

最初はできるだけ応えていたものの、忙しくなってくるとそうはいかない。

奥さんと子供のために、店を軌道に乗せなければと、彼は毎日必死だったけれど、その分育児や家事は奥さん任せになってしまう。すると奥さんは『忙しいからって、なんでも私に押しつけないで』と怒るようになったのだ。

奥さんとしては、もう少し彼が育児や家事を代わってくれたら、自分も店に立てるのにという気持ちだったのかもしれない。

そうして喧嘩になると、話はいつも平行線で交わらない……そんな中で行った同窓会は、ものすごい息抜きになったそうだ。

「こう忙しいとさ、毎日お客さん以外では奥さんしか話す相手がいないんだよ。それも喧嘩ばっかりだからさ。久しぶりに会った初恋の荒川さんは素敵で、彼女は優しかったし、ずっと笑顔だったんだ。それが本当に嬉しくてさ」

別に奥さんを裏切るようなことをしたいとか、そういう訳ではなくて、ただ怒鳴らずに、優しく笑ってくれる人と、子供の泣き声のしない場所で、楽しく話がしたかっただけだったと、彼は言った。

私も菜乃花やお母さんのことが嫌いなわけじゃない。でも喧嘩をしたり、叱られたりは嫌で、できるだけ顔を合わせないようにしてきた。だから、その気持ちも本当にわかるけれど、でも――。

「でも……それって奥さんも同じなんじゃないですか？　奥さんも毎日喧嘩になっちゃうヒロさんと、赤ちゃんとだけしか話せないんですよね？」

「……うん。そうだったんだよね」

だから奥さんは、そんな彼を自分勝手だと言った。責任感がなさ過ぎると。

お互い必死に頑張ってきたはずなのに……と、とうとう心が折れてしまった奥さんは、赤ちゃんを連れて実家に帰ってしまった。

「こんなことになるなら……って、最近は毎日後悔してばっかりだ」

後悔を口に出したらきりがなかった。

仕事を辞めなければ良かった、店を始めなければ良かった、子供を作らなければ良かった――なにより、今の奥さんと結婚しなければ良かった。

「どっちが悪いとかじゃなくて、そもそも最初の選択肢が間違ってたんじゃないか？　って、そう考えたら……仲直りなんて無理だよなって思っちゃってさ」

……ヒロさんはそこまで話すと、はっと冷静になったように私を見た。

「ごめんね。こんな話……お客さんに聞いてもらって情けないな」

「いいえ、私で良かったら……」

慌てて首を横に振ったけれど、彼は自己嫌悪するように溜息を洩らした。

「……一生懸命な人を見るとさ、昔からつい、自分が引いちゃうんだよね。荒川さんのことも、当時は親友も彼女のことが好きだったから、僕、諦めちゃったんだ。店のこともさ、奥さんがやりたいって言うから……で、結局後からいつもこうやって後悔してるんだよ」

「優しいんですね」

「どうかなぁ……でも、そういう人を応援したいっていう気持ちはいつも本当なんだ。結局振り回されてばっかりなんだけど」

「だったら――」

そう言いかけて、私は言葉を飲み込んだ。

だったら、本当に後悔してるなら、その時間をやり直してみませんか――そう言いたくて、でも言うわけにはいかなくて、それに……それに。

「で……でも残念です。妹が、ここのクレープをずっと食べたがってるので」

「そっか……ごめんね。僕にはどうすることもできないよ」

「…………」

もしヒロさんの希望通りに過去を変えたとしたら、クレープ屋さんはこのまま再開しないどころか、そもそも存在しないお店になるかもしれない。

それに……せっかく昨日菜乃花と一緒に焼いたパンケーキ。

あの思い出も、なかったことになってしまうんだ。

それを考えたら、この人を『渡し』たくないって思ってしまった。私の自分勝手で。

「わざわざ来てくれたのに、本当にごめんね。もしかしたら、奥さんはまた一人でクレープ屋を開くかもしれないから、その時はわかるように、また本屋さんの所に張り紙をするように言っておくからね」

妹さんにも謝っておいてね、と、言って、彼は一人で過ごす家に戻ろうとした。

皺のついたTシャツと、緩んだ生地のスウェット、頭の後ろの寝癖――少し前に、このキッチンカーの中でテキパキと働いていた人と同じだなんて思えない。だらしなくて、しょんぼり縮こまったような姿が、私の胸を突いた。

「あ、あの！」

「え？」

やっぱりこのままでいるのが、みんなの幸せになるとは思えない。

ヒロさんも。奥さんだって。

私は急いで自分の鞄をかき回して、お財布の中にしまってあった、タセットのショップカードを取り出した。

「ここ！　お、美味しい珈琲が飲めて、優しい店員さんがお話を聞いてくれる、素敵なお店なんです。今度……ううん、絶対息抜きになるんで行ってみてください！　お願いします！」

「……珈琲屋さん？」

「はい。すっごく美味しいし、お店から見える景色も綺麗だから」

「そっか……最近ゆっくり珈琲も飲んでないし、今度行ってみるよ」

ありがとう、と言って、彼は家の中に消えた。

絶対にタセットに行って欲しいという気持ちと、やっぱり教えるんじゃなかったっていう後悔が交互に胸に押し寄せて、帰り道、私は少し泣いてしまった。

7

それから緩慢な一週間が流れた。

テストの成績が本当に良かったので、お母さんは珍しくピアノ、ピアノと言わずに、「いいお友達を持ったのねぇ」と嬉しそうで、私は晴れて放課後の自由な時間を手に入れた。

だけど月子ちゃんとまた遊びに行く目標は、いまだに果たせていない。

何度か様子をのぞいてみたSALTY & SWEETは、休業中の張り紙がまた新しくなっているだけで、再開の兆しはない。それでも私は心の中で、夫婦が仲直りしてくれることを祈り、願っていた。

本当はもう諦めて、今度は月子ちゃんとパンケーキパーティをしようかと思っていた。私から動かなきゃって決心したから。

それを実現できないでいるのは、お母さんに当分外出の予定がなさそうだからだ。月子ちゃんに言えば、それなら自分の家でやろうと誘ってくれると思う。でもそれも嫌だった。

一番の理由は、月子ちゃん、そして竜太さんのご両親に会うのが怖いということ。月子ちゃんを取り戻したい一心で、私は随分ご両親を——とくに二人のお母さんを苦しめてしまった。

あの時間は、今の世界には存在しない。

だけど……それでも私は覚えている。あの苦しそうな声を、泣き顔を。

その罪悪感を、私はどうしてもなかったことにはできなかった。

それに、竜太さんに会うのも怖い。

また仲良くなれるかもしれないし、そうじゃないかもしれない——でも、私は多分まだ、竜太さんのことが好きだ。

彼に出会うことで、この気持ちを揺さぶられることが、なんだかすごく不安で、怖い。

自分でもどうしてなのかわからないけれど。


その日はどんよりとした天気の日曜日で、じっとり暑く、湿気のせいか朝からなんだか髪の毛がゴワゴワしていた。

お母さんはイライラ不機嫌で、菜乃花は八つ当たりを避けて部屋に引きこもっている。

この週末は宿題が多かったので、本当は午後からタセットに行こうと思っていたけれど、私も面倒ごとは避けたくて、勉強道具一式を持って、午前中からタセットに避難していた。

タセットは日曜日ということもあってお客はそれなりに入っており、珈琲豆を買いに来るだけの人もいれば、ブランチにベーグルサンドと珈琲を楽しむ人、コーヒーをテイクアウトして行く人も多かった。

みんながそれぞれ休日の時間を過ごすのを、カウンター席の一番端っこで眺めながら、私も私の日曜日を過ごしていた、そんな時だった。

古時計と違って、ちゃんと動いているカウンター内の時計が、午後三時を少し過ぎた頃、『彼』が現れた。

SALTY & SWEETのヒロさん。

彼はなんだか物珍しそうに店に入ってくると、カウンターの端でモカを撫でながら、宿題を広げる私を見て「なんだ、ここのお嬢さんだったんだ」と苦笑いした。

「まんまと営業に引っかかって来ちゃったな」

そう言いながら、彼は私の隣に腰を下ろした。

私は『ここのお嬢さん』ではないけれど、曖昧な笑顔で会釈した。

時花さんがメニューを渡すと、彼はほとんど中を見ないで、一番目のページに書かれた『本日の珈琲・ライト』を選んだ。

「本日の豆はパナマＳＨＢです。苦みも酸味も柔らかな、軽い味わいになっています」

「あ、じゃあそれで」

彼は時花さんの説明もろくに聞かずにそう言うと、気もそぞろな感じで、メニューを眺めていた。

「……日暮さん。ＳＨＢってどういう意味？　他にもたまにアルファベットのついた豆があるけれど」

私はなんとなく居心地が悪くて、挽き終わった豆を時花さんに渡した日暮さんに質問した。

「ＳＨＢはStrictly（ストリクトリー） Hard（ハード） Bean（ビーン）の略です。グァテマラ共和国の豆のグレードの一つです。メキシコやコスタリカ共和国などもそうですが、生産地の標高の高さで、グレードが決まるんです。ＳＨＢは中でも一番高いグレードで作られた豆という意味です」

「コスタリカには他にもハイ、ミディアム、ロウのＧＡ、Grown（グロウン） Atlantic（アトランティック）っていうのもあるの。あとは、タンザニアとケニアは豆の大きさでAA(ダブルエー)とかABとか分けてるわね。コロンビアも大きさで、スプレモ、エキセルソとか」

　時花さんも教えてくれたので、私はノートの隅に『SHB　ストリクトリーハードビーン　標高』と書き込んだ。

「偉いね。ちゃんと勉強してるんだ。君も大きくなったら珈琲屋さんになるの？」

　ヒロさんに聞かれて、私はまた曖昧に笑顔を返した。

　でもそうか……私にはそういう未来だってあるんだ。

「……うちも夫婦の仲が良かったら、娘が将来そういう道を選んでくれたのかもしれないけど、もう無理だろうなあ」

　ぽつりと彼は呟いた。

「今からでも……仲直りしたらいいんじゃないですか？」

　私が言うと、彼は首を横に振った。

「いや……もう離婚届を書いたんだ。この後奥さんの実家に行って、今後のことを話し合おうと思ってる」

「え……」

「でもその前に……いや、覚悟を決めるために、せっかくだからここで珈琲を飲みながら、もう一度一人で考えてみようと思ったんだ」

　彼がタセットに来てくれて良かったとは思うけれど、そんな理由でだったんだ……。

私は胸が痛かった。

「でも……そうやって悩むっていうことは、絶対なにがなんでも離婚したいとか、そういう訳じゃないってことですよね？」

「そうだけど、今のままだとどうにもできないからね。店のこともあるし、何より娘を連れて行った彼女が一番、先が見えなくて不安だと思うんだ」

「だからって、お別れしなくても……」

「一度まっさらにする必要があるんだよ。仕方ないんだ」

仕方ない、の意味が、私にはわからなかった。

「僕だってどうにかして食べていかなきゃいけないし……彼女の決めたことなんだから、自由にさせてあげないと」

そんな私の疑問に答えるように——それだけじゃなくて、自分を納得させるように、彼は言った。

「でもそれって、本当に『奥さん』のためなんですか？　本当は誰かの『ため』じゃなくて、ただ誰かの『せい』にしてるみたい」

「…………」

図星だったのか、彼は何も言わずに私を見た。

ちょうどそこで、珈琲がことりと彼の前に置かれる。

彼はそれを一口飲んで「飲みやすいですね」と、誤魔化すように時花さんに愛想笑いをした。

そうして彼はしばらく無言で珈琲を飲み始めたので、私も勉強するふりをした。

その間も、タセットにはお客がちらほら来たけれど、午後はテイクアウトのお客さんばっかりだ。

天気はそんなに良くないけれど、予報では雨は降らないことになっている。モエレ沼公園を散歩したり、サイクリングするなら、かえってこのくらいの天気が良いのかもしれない。

冷たい珈琲やラテを買っていく二人連れの男女が、三組ほど続いた。

年齢もバラバラで、でも三組とも共通していたのは、その楽しそうな雰囲気だった。

「……好きな人と喧嘩するのが、嫌なんだ」

三組目がお店を後にするのを見送って、彼はぽつりと言った。

奥さんとも、親友とも喧嘩はしたくなかった。

だからいつも譲ってしまうのだ。自分の希望じゃないとしても。

喧嘩したくない、好きな人に笑っていて欲しいという気持ちは私もわかる。

月子ちゃんにはいつでも笑っていて欲しいし、菜乃花にもそうであって欲しいから。

「でも、だからって『仕方ない』は違うと思うんです……私、それは責任を自分以外の誰かに押しつけているだけだと思います」

「自分のエゴを通した人には、責任ぐらい担ってもらいたいよ」

ムッとしたように言うヒロさんに、私は戸惑った。

「そうじゃなくて……私は、それも自分の『選択』だと思うんです」

「何が？」

「自分が選んでないから、責任は他の人にある……のは、違いませんか？　結局、自分のことは自分でやらなきゃいけないし、他の人の意見に従おうっていう『選択』を『自分が』してるんだと思う」

私はずっと、お母さんに言われて仕方なく、ピアノをやらされているんだって思ってた。

上手く弾けないのも、嫌々やってるからだって。私に才能なんかないんだって。

でも今こうやって弾けなくなって、強く強く思うのだ――それだけじゃなかった。

私自身がお母さんに『やらされている』んだって、上手くいかないことの言い訳にしてた。

もう一度人生をやり直せたら、選ばせてもらえたのなら、悩むかもしれない。

でも……それでもきっと、私は事故に遭わない人生の方を選ぶだろう。ピアノを弾き続ける人生を。

「誰のためだとしても、貴方がつま先を向けた方が、貴方の『選んだ』人生だと思います」

「……き、君みたいな子供には、まだわかんないんだよ！　大人の苦労なんか！」

とうとう我慢ができなくなったように、彼は声を荒らげた。

「でも——」

「そうよ、陽葵ちゃん。大人は大人で大変なのよ」

そんな私達の間に入るように、時花さんが言った。

思わず私の眉間に皺が寄る。

時花さんの横に立つ日暮さんが、そんな私を見て、目を伏せ首を横に振った。

「………」

黙っていなさい、という意味だ。

仕方なく私は下唇を噛んで黙った。彼の手に、コーヒーミルが握られていたから。

「自分だけの人生を生きられる方なんて多くないと思います。出会いが多ければ多いほど、側に大切な人が多い人ほど、『自分』を持ち続けるのは難しいです。大切な人を尊重したくて、道を譲りたいお気持ちはよくわかります」

時花さんが優しい声で言った。

「そうなんですよ。僕はそう——尊重したかったんです。彼女の決意を。奥さんが頑張りたいと言うから、だから僕は彼女の選択を後押ししようと思ったんだ」

それなのにあっさり、全部放り出して行ってしまった彼女に失望したんです……そう
彼は悔しさを滲(にじ)ませた。

時花さんは「それは本当に残念でしたね」と相槌を打ちながら、隣でコーヒーミルを

回しはじめた日暮さんを、横目で軽く一瞥した。

カリカリと小気味よい音の中に、珈琲の香りが広がる。

すっかり私も嗅ぎ慣れた——過去へと繋がる珈琲の香り。

「誰しも流れていく人生の中で、どうしても消せない後悔があると思います。きっとお墓に入るまで、何度も繰り返し悔いて『どうしてあの時私は……』と、自問自答し続けるような、苦い、或いは怒りすら伴うような強い後悔の瞬間が」

時花さんの静かな声は、時に呪文みたいに人の心に染みこむ。

「ああ……そうですね。本当にそうだ……」

彼はやがてゆっくりと目を閉じ、その声に耳を傾けていた。

「もし戻れるとしたらいつ、どの時間でしょうか。貴方が悔やんでいる一瞬はどこですか？　どこに戻って、何をやり直し、誰に何を言いますか？　それとも言わないようにするのでしょうか」

「どの時間……そうだなぁ、どの時間だろう……」

「私に、次の一杯を選ばせて頂けないでしょうか？　これは4分33秒をかけて美味しくなる、特別な一杯なんです」

「4分……33秒……？」

「はい。この時間は、自分の心に語りかける時間です……一緒に少しだけ夢を見ましょう。この珈琲ができあがる間だけ。想像してください——もし、『あの時に戻れたら』

を」

こぽこぽと静かな音を立てて、ガラスのポットにゆっくりお湯が注がれる。

湯気の中から珈琲の香りが立ち込め、私達を包む。

ゆっくりとぬるいお湯のような時間が、私達を過去に浚っていった。

8

急に空気が凍り付き、私は震えた。

そんな私を守るように、時花さんが私を背中からぎゅっと抱きしめた。

珈琲色の世界は、いつもよりうす暗い。

夜だ。いや、まだ夕方かもしれない。

チェリーやシナモン、バニラのような甘い香りが漂う中、ほう、と白い息を吐きだして周囲を見ると、そこは大通公園で、私達のすぐ後ろにはテレビ塔と、電球で縁取られた三角屋根の小さな売店が、いくつも軒（のき）を連ね、あたりを明るく照らしている。

通りの看板には『ミュンヘン・クリスマス市 in Sapporo』と書かれていた。

そういえば、昔お祖母ちゃん達と一回だけ行ったことがある。

冬の大通、ホワイトイルミネーションの時期に、姉妹都市であるミュンヘンのクリスマスをイメージした、お祭りが開かれているのだ。

このよい香りは多分、目の前でローストしてくれている、量り売りのアーモンドの香りだろう。

シナモン、ココア、バニラ、チェリー……四種類の味があって、とっても美味しかったことを覚えている。

ということは、ここは十二月の大通公園。ホワイトイルミネーションの時期。

テレビ塔の時計は四時二十六分。

私達の目の前、大きなスズランの形のイルミネーション——といっても、まだ点灯前だ——の所に、ヒロさんが立っていた。

「どうしたの？　ヒロ君？」

呆然と、今、自分の置かれた状況に戸惑う彼の横に立っていたのは、この前ヒロさんを怒っていた奥さんだった。

彼がぼんやりしているのに呆れたように、彼女は私達の方——ではなく、ミュンヘン市の方を見た。

「ミュンヘン市も綺麗ね……でも、綺麗だけど、知ってるの？　カップルが交際中にホワイトイルミネーションを見に来ると、別れるってジンクスがあるんだよ？」

「……え？」

ヒロさんが、驚いたように言った。彼女の言葉になのか、それとも過去を繰り返していることに驚いたのかはわからない。

カップルでということは、二人はまだ結婚前なんだろう。

「え？　まさか知らなかったの？」

未来の自分たちのことも、そして彼がどんな気持ちで『ここ』に戻ってきたかも知らない彼女は、「やっぱりかぁ」と笑った。

そうして空を見上げる。空からふわふわ大粒の綿雪が、ゆっくり優しく降り始めてきた。

「もう、まったくヒロ君らしいんだから……。じゃあどうする？　やっぱり見ないでこのまま帰る？　雪もちらついてきたし、今なら点灯前だから、きっとギリギリセーフだよ」

「…………」

そんな風に話を振られても、彼はすぐに返事ができなかった。

「それとも、そんなジンクス……気にしない？」

悪戯っぽい表情で未来の奥さんが言う。

「……あ……あのさ、ノリちゃん」

そんな彼女を前に、彼は覚悟を決めたように、口を開いた。その表情は怖いくらいこわばっていて――私は思った。

彼はやっぱり、奥さんに別れを切り出すつもりなんだ。

そうするしかないんだなって思う気持ちと同じくらい、私は残念に思った。

二人の結婚と一緒に、私と菜乃花の時間もなくなっちゃうんだって。

だけどその瞬間、イルミネーションに一斉に明かりが灯された。

まだ微かに夕陽を残す世界が、ぱあっと一気に光で満ち溢れる。

「わあ！　やっぱり綺麗！」

と未来の奥さんが嬉しそうに笑った。

「あはは、やっぱりジンクスなんか気にして帰ってる場合じゃなかった！　ね！　来て良かった！」

スズランの形に光るイルミネーションの横で、楽しそうに笑っている。

雪の中、光の中で。

『元の時間』では、怒った顔しか見たことがなかった彼女は、笑うと本当に可愛らしくて、私の口元にも自然と笑みが浮かんでしまった。

無邪気に笑う未来の奥さんを見て、彼のこわばっていた表情から力が抜け、それはやがて、優しい笑みに変わっていった。

そして泣きそうな表情になって――彼はぐい、と目元を拭うと、未来の奥さんを抱きしめた。

「……でも、そんなジンクスは心配だから、結婚しようよノリちゃん。やっぱり僕は君が大好きだったんだ」

「……え？」

「そうしたらもう『カップル』じゃないから、別れる心配なんていらない。これからは家族で毎年来よう。そうしてその度、君に笑って欲しいんだ。いいや本当はこの日だけじゃなく、毎日」

「えー、どうしようかな。ヒロ君、ちょっと頼りないからなあ？」

奥さんは嬉しそうに微笑みながらも、試すように彼に問う。

「……頑張るよ。人のせいばっかりにしないで。ノリちゃんは強いから、いつも甘えてしまうけれど、そうじゃなくて僕も……僕が自分で選んだ『今』だから。今度こそ二人で一緒に頑張ろう――」

返事を聞くより先に、時計の音が私達を迎えに来て、奥歯の震えるような寒さが、急に夏のぬくもりに変わった。

白い息が、温かい珈琲の湯気に。

珈琲が香る未来に帰ってきたヒロさんは、夢から覚めきらないように顔を上げ、呆然としていた。

時花さんは通りすがりに私の頭をくしゃりと撫でた後、古時計を直しに行く。

「お疲れだったみたいですね、お目覚めにいかがですか？」と日暮さんが、フレンチプレスの中の珈琲をカップに注いだ。

ヒロさんはそれをぼんやりと受け取り、――けれど口をつけずにすぐにカウンターに置いて、「すみません、やっぱり帰ります」と席を立ち上がった。

「あ、あの……大丈夫ですか?」

私は思わず声をかけてしまった。

「やっぱり……ちゃんと奥さんと話さなきゃ」

「そう……ですか」

やっぱり未来は変えられないんだと、私はしゅんとなった。

「うん。だって君の言う通りだよ……仕方なくじゃない。僕が、ちゃんと自分で『選んだ』んだよ。それにまだ、子供と――『家族』でイルミネーション、見に行ってないんだから」

「あ……」

「だから、今すぐ奥さんと話して――彼女を、迎えに行かなくちゃ」

彼はそう言うと、慌ただしくお金を払って、タセットを飛び出していった。

その姿が見えなくなった途端、私の体からがっくりと力が抜けた。

「うふふ、さすがに夏服で十二月の大通りは寒かったわね」

時花さんが笑って、結局飲まれなかった『4'33" John Cage』を、美味しそうに一口飲む。

日暮さんも私に、ホットミルクを用意してくれた。

「……これで、良かったのかな」

ミルクを飲みながら、ぽつりと呟く。

あのまま、またあの人も、何も変えないままなのかと思った。

嬉しいような、悲しいような。

でも過去を見直すことで、もう一度自分の気持ちに出会えることもあるんだ。

なんにせよ、二人の未来が良い形になるように、私は心から祈ったのだった。

9

二人がどうなったのか、和解できたのか、それとも結局別れてしまったのか、私は不安な気持ちのまま、毎日放課後ご夫婦の自宅前のSALTY & SWEETに立ち寄った。

変化があったのは、ヒロさんがタセットを訪れてから四日後のことだ。

やっぱりダメだったのかな……と、諦めかけた矢先、キッチンカーの前で再オープンのポスターや、今後の出店予定スケジュールを準備するヒロさんの姿があった。

「良かった！　お礼が言いたかったんだよ！」

こんにちは、と挨拶するよりも先に、彼が私に駆け寄ってきた。

「お礼していただくようなことは、何も……」

「そんなことないよ！　あの日……ほら、教えてくれたカフェで居眠りをしなかったら
――あの夢を見なかったら、僕はどうなっていたか、わからないから」

「でも私は本当に――」

今回は何もしていない。過去の時間で震えながら二人を見守っていただけなのに。

「いいや、そんなことないよ。厳しい言葉もガツンと響いたしさ」

彼は私に「へへ」と笑うと、今度の土曜日にまずはここでプレオープンするから、私を招待してくれるという。

私だけでなく、妹の菜乃花も一緒に。

「久しぶりだから練習っていうのもあるけれど、君にお礼がしたい。それに妹さんのクレープ、まだ焼き直してあげられていないからさ」

その誘いが嬉しくて、私は是非！と返した。

そうしてやってきた土曜日、菜乃花を連れてきた私に、彼は今日は特別に何枚でも好きなだけご馳走してくれると言った。

どんなクレープでもいいよ！という夢のような申し出だ。

なのに、菜乃花は一枚で良いと答えた。

「え？　本当に？　どうしたの？　菜乃、もしかして具合悪いの？」

「ううん、そうじゃないけど……だってたくさん食べてお腹いっぱいになっちゃったら困る。それこそお母さんが病気なの？　って騒ぎそうだもん」

「そうだけど……」

菜乃花の言うことも一理ある……けど残念だ。私はいろんなクレープが食べてみたかったけど、自分一人で食べる訳にはいかない。

「本当にそれでいいの？」

ヒロさんも戸惑ったように、私をチラチラ確認しながら言う。私は困ったなと思いながら苦笑いを返した。

「はい。いいです。『お姉ちゃん』と半分こします」

それでも菜乃花がきっぱりと答える——私を見て。私を、『お姉ちゃん』と呼んで。

ものすごく驚いた。

『陽葵ちゃん』でも珍しかったのに！　私を！　まさかお姉ちゃんだなんて！

「い、いいです！　それで！　私、半分こします！　妹と！」

思わず身を乗り出して言う。

「そっか……わかったよ。じゃあシュガーバターを一枚、でいいんだね？」

「はい！」

私達は声を揃えて答えた。

念願のシュガーバタークレープだ。

まあるい鉄板にとろりと垂らした生地を、T字の棒でくるりと薄く、まんまるに伸ばして、縁が軽くカリッとするまで焼き、ながーいヘラ（スパチュラというらしい）で軽く湯気をパタパタあおいでから、サッと縁から真ん中にヘラを滑らせ、あっという間にひっくり返す。

そして再び裏返した後、バターを大きくひとかたまり。じゅわっととろけたのを、素早く塗り広げて、グラニュー糖をたっぷり振った。

彼はそれを器用に半分に切って、私と菜乃花の分、一枚を二つにしてたたみ、くるんと包装紙に包んでくれた。

私達はありがたく受け取って、クレープにかぶりつく。

あっつあつで、端っこはパリパリッとしているのに、噛むともっちりで、ジャリジャリの残ったお砂糖と、じゅわああと金色のバターが滴る。

「んんんんー！」

私達はまた声を揃えて、その美味しさに感動した。

「シンプルだけど美味しいでしょう。そのためにいいバターを仕入れているんだ。僕と奥さんも、結局これが一番好きなんだよ」

にこにことヒロさんが言っていたけれど、私達は返事ができなかった。

あんまり美味しくて、はふはふと一気に、まるですするように半分を食べきり、そして――。

「どうする？　本当にそれ一枚でいいの？　まだ生地は一杯残ってるよ？　奥さんからも今日は二人にお腹いっぱいになるまでご馳走して良いって言われてるんだけど？」

ヒロさんがニヤニヤと、私達に笑いながら言った。

どうする？　と菜乃花を見ると、彼女はムッとしたように唇をとがらせた後、結局「やっぱりもう一枚食べたいです……」と、ちいちゃな声で言った。

できたてのクレープは本当に美味しくて、結局私達はシュガーバターをもう一枚ずつと、私は奥さんお手製のベリーソースがたっぷりの『ベリーベリークリームチーズ』を、菜乃花はたっぷりチョコフレークにバナナとチョコレートソースの『ザクザク生チョコバナナ』を頂いた。

「舌が甘くなっちゃったでしょ？」と、途中で奥さんが用意してくれた新商品のフルーツインティーは、蜂蜜たっぷりのレモンシロップとミント、冷凍フルーツが入っていて、クレープによくあう。

すっきりさっぱりリセットされたので、私達は結局もう一枚、シュガーバタークレープをご馳走になってしまった。

「こんなのダメだよ。お祖父ちゃんと食べたお店のより美味しいんだもん！」

二枚半目のシュガーバタークレープにかぶりつき、口の端にとろっと泡立つバターを滴らせながら、ちょっと怒ったように菜乃花が言った。

「……じゃあこれからは、お祖父ちゃんの代わりに私と時々来ようね」

口元を拭ってあげながら、こっそり耳打ちする。

「まぁ……気分が良いときは、付き合ってあげてもいいけど？」

こまっしゃくれた妹は、ちょっと偉そうにそう言いながら、バターでつやっつやの口で笑って見せた。

三杯目

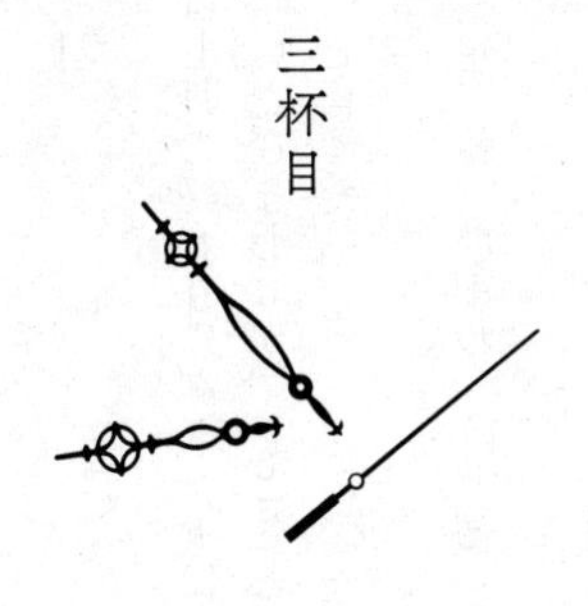

ラ♭の練習曲（エチュード）

1

その人は七月の終わりにタセットに来た。

お庭に咲いたひまわりが、しとしとと降る雨に濡れて俯いているのを見て、彼は『可哀想だね』と言った。

――可哀想だね、ひまわりは。どんなに雨が嫌でも、目を閉じたりできないんだから。

私はその時ひまわりが、優しい雨を喜んでいるように見えていたから、余計に彼の言葉と、なぜだか怒ったような表情が不思議で、印象的で、また会えたら良いなと思った。

今度は晴れている日に、その人を見てみたかったから。

その名前も知らない人を次に見たのは、別のお客さんが手に持つスマホの中だった。

彼の名前は『高柳さん』なのだと教えてくれた。

そのお客さんの名前は松本さんといい――柔軟で優しい高柳と、まっすぐで硬い松本なんだって言いながら、タセットのカウンターの右から二番目の席で笑っていた彼は、とても悲しそうだった。

彼の親友である高柳さんは、タセットに来て数日後、八月を待たずに亡くなってしまった。

自分で選んだ最期だったそうだ。

「小学校の頃、二人でサッカー少年団に入ってたんだ。二人でプロに、ドサンコーレの選手になるんだって約束したのに、あいつ親に『勉強の妨げになる』って言われて、サッカーをやめさせられて――結局俺も、中学でやる気なくなっちゃってさ……」

すっかりぬるくなってしまった珈琲を飲みながら、松本さんは私達に語った。

偶然というのは時に不思議で、怖くて、ドキッとする。

彼らは私と同じ小学校の卒業生らしい。

帯広という同郷のよしみもあって、彼は私に思いの丈を打ち明けてくれたのだろう。

胸がえぐられるような後悔も。

高柳さんが亡くなる前に久しぶりに会った時、子供の頃の話ばかりを懐かしそうにする彼を見て、松本さんは思った――お互いサッカーをやめてなかったら、未来は変わっていたんじゃないかって。

そう松本さんが悲しげに言ったから、私達は過去へと飛んだ。

私と時花さんが見守る中で、小学生時代に戻った松本さんは親友に「ずっとサッカーを続けよう」と伝えることで、確かに……そう、確かに高柳さんに対して抱いていた後悔を晴らせたはずだった。

その先に待っていた悲しい未来を、彼は無事変えることができたはずだったのに。


八月の最初の土曜日、アリオに来るクレープ屋さんに月子ちゃんを誘おうとした私は、「ごめんね、その日は予定が入っちゃってて」という言葉にがっくりしてしまった。

「本当に、その日は都合が悪くて……」

「ああ、うん……私こそタイミングが悪いみたいで……」

「本当に用事があるの！」避けたりしてるんじゃないんだよ!?」

私が『この世の終わり』みたいな顔をしたせいか、月子ちゃんが慌てて言った。

「今回はちょっと……私、双子の兄がいるんだけど、兄は子供の頃からサッカーが大好きで」

「え？　う、うん……」

竜太さんのことを聞いて、私は心臓が止まりそうになった。でも本当に驚いたのは、その後に続いた言葉にだった。

「それでね、やっぱ道民だからドサンコーレのファンなんだけど、ちっちゃい頃から応援してた松本選手がこの前亡くなっちゃって。土曜日はその追悼試合だから、家族みんなで行くことにしたの」

「……え？　松本選手？」

ドサンコーレの『松本』選手？

指の傷が不意にズキンと痛んだ気がして、私は無意識に左手を押さえた。

松本っていう名字は珍しいわけじゃない――だから、そんなはずないんだって自分に言い聞かせながら。

「そう……あ、そっか、岬さんならもしかしたら知ってるかな？　帯広出身の選手なの。兄の竜太は子供の頃、サッカーボールにサインもらってね、それ以来ずっと彼のファンだったんだけど――」

でもそんな私の不安をよそに月子ちゃんが続けた。

帯広出身の松本選手……。

「その人なら知ってるかもしれない。多分、同じ小学校の卒業生なの……そんな、でもどうして……？」

「そうだったんだ……一昨年だったかな。試合中の事故で、脊髄を痛めてしまって。胸から下が動かせなくなっていたの」

「そ……そんな……」

私はほんの数日前に、タセットで会った松本さんの姿を思い出していた。

頭はさっぱりしたスポーツ刈りで、背も高く、引き締まった体つき。快活で、それでいて誠実そうな面立ち。そして、命を絶った親友への後悔に震わせたその声を。

「た、高柳さんは⁉」

「高柳？」

「うん。高柳っていう名前の選手はいない？　松本さんと一緒にサッカーやってた親友だったの」

「あー……うん、ちょっと私はわからないけれど、でも一軍の選手にはいないんじゃないかな？」

月子ちゃんが首を傾げた。

「……そっか」

未来はいつも、私の願いとは違う旋律を奏でる。

あの日時花さんと見守った松本さんの、思わぬ終着点を知った私は少なからずショックを受けて、その夜から熱を出してしまったのだった。

2

私は熱を出すと、いつも食欲がなくなってげっそりしてしまう。

おかゆが好きじゃないっていうのもある。

にゅうめんだったり、おじやだったり、煮込みうどんならもっと食べられそうなのに、お母さんはかならず土鍋を丁寧にかき混ぜて、塩味だけのおかゆを作ってくれる。糊みたいにぺっとりしているおかゆは、全然喉を通らなくてお母さんに申し訳ない気持ちになるのに、どうしても飲み込めないのだ。

三日ぶりの学校はいつもの倍以上疲れたけれど、それでも給食の少しスパイシーなチリコンカンが美味しくて嬉しかった。それに。

「岬さん大丈夫？　病み上がりで一日辛くなかった？」

放課後、荷物をまとめながら、月子ちゃんが心配そうに私に声をかけてくれた。

「もう全然大丈夫、ちょっと熱が下がらなかっただけだから」

「そうなんだ、でも無理しないでね。また明日ね」

「うん！　また明日」

他愛ないやりとりだったけど、心配してもらえたのが嬉しい。

先に教室を出て行った月子ちゃんを見送って、ニヤニヤしながら自分の席に鞄を取りに戻ろうとすると、通せんぼするように、千歳君が私の前に立った。

「どうしたの？」

「お前……変な顔してる」

「……病み上がりだけど、そんな風に悪口を言うなら、喧嘩する？」

受けて立つぞ？　と、私はその失礼な言葉に唇をとがらせた。

「しない。そういう意味じゃない。顔の造形は今更だろ」

「グーとパーどっちがいい？」

まだ言うか？　と、右手をにぎにぎして見せる。千歳君が顔をくしゃっとさせた。

「やめろよ。残った大事な右手だろうが。そうじゃなくて……なんかあったのかって」

「……心配してくれたの？　もしかしてだけど」

だったらそんな変な言い方しなきゃいいのに……。

「うーん？」

でも彼は首をひねった。

「え、なんで？」

「いや、心配かと言われると、違うな」

「ええ……」

わざわざ否定しなくても……。別にそこは『心配した』でいいじゃない。

「そうじゃなくて違和感だな。お前に違和感を感じたから」

ああ、そっか――私は小さく溜息を洩らした。

「……誰かの未来が変わったから？」

「それだ。よくない未来だったたんだろ」

「うん……」

やっと納得できたという表情で千歳君が頷いたので、私も同じく首を縦に振った。

学校(ここ)でこれ以上話す訳にもいかない。千歳君を校外に誘い出し、公園のベンチで松本さんと高柳さんのことを話した。

せっかく未来は変わったのに、松本さんが不慮の事故が原因で亡くなってしまったこと。高柳さんは同じチームにはいなそうだってことを。

「私達が過去に連れて行ったせいで、松本さんは死んでしまったの。どんなに重い後悔に悩んでいたとしても、死んじゃうより悪いことなんてないよ」

なにより、それが私と時花さんのせいだっていうのが苦しい。

「後悔を抱えたまま生きるのが、本当に正しいのかはわかんないけど……お前の言いたいことはわかるよ」

でもこればっかりはしょうがないと、千歳君は私を慰めてくれた。

こんな結果になるなんて、予測は到底難しかった。だからってしょうがない、で自分は誤魔化せない。

「だったら、誰か探そうぜ」

悔しくて思わず俯いて下唇を噛む私を見て、千歳君が言った。

「え?」

「別の誰かの『渡り』で塗り替えたいって言うなら、付き合ってやるから」

「ああ……うん、ありがとう」

時花さんは賛成しないだろう。彼女は過去を変えることにとても慎重だから。

それとも今回くらいは、彼女も何か考えてくれるだろうか？　松本さんの死に対する罪悪感から、目を背けるようなことはしないと思いたい。

「一応……時花さんに相談してみて、それで考えてみる」

淡い期待を込めて言うと、千歳君が首をひねる。

「魔女はどうせ『ワレ関セズ』だと思うけどな」

「そうかな……」

千歳君が鼻の頭に少し皺を寄せ、吐き捨てるように言った。

「でもお前はこのままにはしておけないんだろ？　決心したらいつでも連絡しろよ」

これで話は終わり、というように千歳君がベンチから立ち上がると、軽く手だけ上げて歩き出した。

「あ、ありがとう！　千歳君！」

その背中に慌ててお礼を言った。そっけないそぶりではあるけれど、『いつでも連絡しろ』なんて、頼もしいし優しい。

「……でも変な顔って言ったことは、結構怒ってる」

私がぼそっと言うと、千歳君は「ああ？」と振り返って顔をしかめる。

「べつに、岬はか――」

言いかけて、千歳君はまたぎゅっと眉間の皺を深めた。

「か？」

「……いや、やっぱ変な顔だわ」

「はあ？」

彼がプイッと私に背を向けて言ったので、その背中を見送る私の顔も、ムッとなってしまった。

だけど彼の言う通り、松本さんと高柳さんのことをこのままにしておけるとは、自分でも思えない。


翌日、放課後になっても、まだじりじりとうなじを灼くような、夏の日差しを背中に感じながらタセットへ自転車を走らせた。

今すぐ冷たいカフェラテが飲みたい……なんて思いながら、タセットのドアを開けた。自転車を駐める私の気配にすぐに気がついて、既に入り口で待ち構えていたモカが体ごと愛情をぶつけてくる。

「モカ、お客様にドーンはやめなさい、ドーンは」

慌てて日暮さんが言ったけれど、賢いモカは飛びついていい人とダメな人をちゃんと見分けているって聞いたことがある。

勿論私はダメじゃない。最初の頃は少し怖かったけれど、今はむしろすごく嬉しい。

キラッキラの目で「早く座って撫でて！　早く！　早く！」と、フリフリの尻尾で私を誘うモカの背中を撫でつつ、カウンター席まで向かう。

ちょうどお店にお客はなく、時花さんは飾られた写真や、動かない置き時計を布でから拭きしていた。

日暮さんが私の分のアイスラテを作ってくれている。

静かな店内で珈琲の香りを嗅ぎながらモカを撫でていると、今日は他愛ない話だけして帰ってしまおうか……なんて弱気が顔を出した。

「窓を開けたいけれど、今日はちょっと風が強いのよね。陽葵(ひまり)ちゃん、自転車で走りにくくなかった？　大丈夫？」

「あ……はい、大丈夫でした」

作業を終えた時花さんが戻ってきた。ここで言わなかったら、多分今日はもう切り出す勇気が持てないだろう。

「あ、あの！　時花さん！」

「うん？」

「この前の……松本さん、覚えてますか？」

「………………」

勇気を振り絞って聞いたけれど、時花さんの返事はなかった。

「えっと、サッカーの――」

「覚えてるわ。過去に渡した人のことは、全部」

私の説明を遮るように、時花さんが言った。その顔は浮かない色をしていた。

「……じゃあ、彼が試合中の不幸な事故が原因で、亡くなったことも知ってますか？」

また沈黙が返ってきた。でもそれは驚いて言葉を失っているのではなく、返答に迷っているようだった。

「時花さんも、知ってたんだ……」

私が重ねて聞くと、彼女はそっと目を伏せた。

「高柳さんもチームにはいませんでした。他のチームにもいないと思う」

「そうね」

やっと彼女が頷いた。

「知ってるのに、そのままにしておくの？」

千歳君が言っていた言葉が頭を過る——魔女はどうせ『ワレ関セズ』だと思うけどな。

本当にそうなんだ。このままなんにもしないままなんだ。

「せっかく、過去を変えたのに……その先の未来でもっと悲しいことになっちゃうなら、過去を変える意味なんてないよ！」

我慢できずに声を荒らげてしまうと、モカがピィ、と不安げに鼻を鳴らした。

「そうでしょうか」

時花さんの隣で、黙って私達を見ていた日暮さんが言った。

「人にはそれでも……たとえ傷ついてでも変えたい、やり直したいことはあると思います。罪悪感に押しつぶされて、これ以上生きていけない気持ちになってしまうことも」

「でも、松本さんは自分が死んじゃうなんて思ってなかったでしょ？」

どんなに後悔していても、自分が死んでしまうとわかっていたら、彼は本当に過去を変えただろうか？

「過去を変えなかったとしても、彼が今、生きているかどうかはわからないわ」

時花さんが静かに反論した。

「特に自ら選ぶ死は、時々蟻地獄みたいに別の命を搦め捕る。人間はね、人の死に、強く惹かれてしまうから」

「……あのままだったら、高柳さんだけじゃなくて、松本さんも自殺しちゃったかもしれなかったって、そういうこと？」

「そういう未来もあり得たと思ってるわ。彼は既に自分の中の肥大した罪の意識を、一人で抱え切れていなかったから、だから私達に打ち明けたのでしょう」

確かに彼は、高柳さんの死にとても心を痛めていた。

高柳さんはお父さんが開業医で、小さい頃からお医者さんになるよう、ご両親に期待されていたそうだ。

その息苦しさは、私もなんとなくわかった。そんな中でサッカーは高柳さんにとって唯一の息抜きで、彼が自由な少年でいられる時間だったと、松本さんは言っていた。

そんな高柳さんが、サッカーを辞めた日を境にくっきりと、人が変わってしまった。

自分の側に人を寄せ付けない、孤独な人に変わってしまったのだ。

あんなに毎日一緒にいた松本さんですら、彼は拒むようになった。

大好きだったサッカーを我慢して、自分の隣にいるのは辛かったのだろう。大人になった今ならわかると松本さんは言った。

だけど幼い頃は高柳さんの変化がショックで、彼と距離をとるようになってしまったのだ。

サッカーボールが二人の絆だった。

サッカーを辞めてしまう自分の代わりに、どうか使って欲しいと高柳さんから渡された、まだ新しいサッカーボール。

あの日それを受け取るんじゃなくて、彼を引き留めていたら。

その先も一緒にグラウンドでこのボールを追いかけていたなら、そしてどんなことがあっても彼と友達でいたのなら。

松本さんは確かに信じていた――親友だった自分なら、きっと高柳さんをこの世に繋ぎ止められる。彼を別の未来に連れて行けたって。

もし彼を過去に連れて行かなかったとしたら、その後悔、罪悪感と喪失感、心の痛みが刃のように彼をどんどん傷つけてしまったかもしれない。

かもしれない、けれど……。

「だけどこんなの悲しすぎる」

「そうね……」

私が絞り出すように言うと、時花さんは視線を落として頷いた。

「でもなんであれ、新しい未来がどんな形をしていたとしても、その人が選んだ道だわ。その人の選択を尊重しましょう」

「その本人が、もうこの世にはいないのに？」

時花さんの言いたいことは、頭ではわかった。それも松本さんの選んだ人生だ。時花さんと私は、松本さんを後悔の時間に連れて行っただけ。

彼が自分で選んだ人生だ──だけどその『二回目の4分33秒』は、私達がいなかったら存在しなかった。

私は失望していた。過去をもう一度変えようって言ってくれない時花さんに。

悔しくて、悔しくて、泣きそうになるのを堪えて歯を食いしばっていると、時花さんが深く息を吐いた。

「……ねえ、陽葵ちゃん。これは……私からの提案であり、お願いなんだけれど……しばらくは、うちに……タセットに来るのをやめたらどうかしら」

「……え？」

時花さんの提案は、私が望んでいたものとは大きく違った。

「……つまり、もう来るなって、こと？」

「そうじゃないわ、そういう意味じゃないの」

「私、迷惑だった？」

ずきずきと傷が痛むような気がして、私は左手を胸に押し付けるようにしながら、時花さん達を見た。日暮さんは私から目をそらした。

「迷惑じゃないわ。そうじゃなくて……ただ、しばらくの間、『渡し』に同行するのはやめた方が良いと思うの。急に色々なことがありすぎたでしょう？」

時花さんは小さな子供にでも言うように、わざとらしく優しく、ゆっくり言った。

「だったらどうして私を過去に連れ回したの⁉」

杉浦さんのことはともかく、小林さんや、小鳥遊さん達の過去に私を運んだのは、他でもなく時花さんだ。

私からお願いした訳じゃない。彼女が私を過去に連れて行ったのに！

時花さんはそんな私に困ったように眉を寄せ、そして日暮さんを見た。何かを確認するように。

日暮さんは一瞬何か言いたげな顔をした。けれど結局小さく息を吐いてから、時花さんに頷いて見せる。

「……な、何」

二人のやりとりに、何かよくないものを感じた気がして、私は無意識にこくんと唾液を嚥下した。

「……貴方が自分で過去を引き寄せるのが怖いから」

「怖い？」

「ええ……」

「どうして？　私も同じ時守なんでしょう？　今はまだ『渡し』はできないけれど、いずれ自分でもできるようになるって――」

「ええ、いずれ。時守は嫌でも自分で過去を引き寄せるようになるわ……でも、私達はそれが『今』であって欲しくないのよ」

「どういう……こと？」

時花さんが、深呼吸を一つした。

「……時守は自分で『渡し』ができるようになった時、この世の時間の流れからはじき出されてしまうから」

「え？」

彼女の口から、もったいぶったように吐き出された言葉。私はすぐにはその意味がわからなかった。

思わずきょとんとしてしまった私に、時花さんが助けを求めるように日暮さんを見た。

「老化速度が変わるんです」

時花さんには珍しい気弱な表情だったからか、代わりにはっきりと日暮さんが言った。はっきりと。

「……え？」

「多くは老化速度が緩慢になったり、時にはほとんど止まってしまう人もいます。更にごく稀にですが、逆に早くなることもあるんです――僕が何歳に見えますか？」

「さ、三十歳か、その少し前か……そのくらい？」

私の答えを聞いて、日暮さんは寂しげに微笑むと、お財布を取り出し、中から免許証を引き抜いて、私に差し出した。

受け取って、おそるおそる見た生年月日は――。

「昭和五十年……」

昭和50年11月1日。そこに書かれていた数字に私は酷く動揺した。

だって昭和五十年だ。今は令和――そこから二つ前の元号。すぐに計算ができなかったけれど、でも一つだけ確かなことは、彼は私のお母さんよりも年上だということだ。

「そ……そんな……」

「だんだん家族や友人に誤魔化すのも苦しくなってきました。唯一気にしないで会えるのは、今はもう認知症の祖母だけです。彼女の頭の中では、いつ行っても僕はまだ小学生ですから」

日暮さんが微かに笑った。その笑顔は本当に悲しげで、私はショックでだんだん気分が悪くなってきた。

「貴方はまだ幼いわ、陽葵ちゃん」

夏なのに寒気がする。時花さんが、私を心配するように、レモン入りの冷たい炭酸水を用意してくれたけれど、それを飲むこともできなかった。

「貴方が望もうと、望むまいと、いつか時間の方が時守を攫いに来るの。だけど未成年の姿のまま時間の流れが遅くなるのは、とても不自由で生きにくい。だけど私達と一緒にいれば、貴方が過去を引き寄せないように代わってあげられるわ。せめてもう少し大人になるまで」

「だったら！」

私にタセットという場所がなくなったら、時花さんが心配していたように、かえって『その日』が早く来てしまうことになるんじゃないだろうか？　私は震える自分の体をぎゅっと抱きしめながら言った。

時花さんがゆっくりと首を横に振る。

「そうね、でも……それでもやっぱり、ここで私達と一緒にいることで、貴方を余計に悩ませていることは確かだと思うのよ」

だから、ね？　と時花さんは優しい声で言った。

「しばらく『渡し』のことは忘れて、静かに……普通の子と同じように過ごした方が良いと思うの」

彼女が本当に私を心配して言っているのはわかった。それが嘘だとは思わないし、言いたいこともわかるけれど……。

「でも、どうしてそんな大事な話、もっと早く教えてくれなかったの？」

「それは……貴方がもう少し大きくなって、それを受け入れられるタイミングを――」

「そんなの結局何歳になったって、変わらないでしょ⁉　大人になれば平気になるなんて思えないよ」

「でも、自分の心に嘘をつく方法は覚えるわ」

「そんな……そんな嘘なんて私、覚えたくなんかない……」

悪意さえなければいいの？　自分を守るためなら仕方ないの？　優しい気持ちで紡いだ嘘なら、何もかも許されるっていうのだろうか？

時花さんと日暮さんは、私にとって特別な人だった。

私は傷ついても良いから、いつでも本当のことを話して欲しかった。

ショックで、そして悔しくて、悲しくて、ぐちゃぐちゃな気持ちでタセットを飛び出した。押し戻すような向かい風に逆らって。

3

相談できる人は一人しかいなかった。

千歳君だ。

彼が友達じゃないと言いながら、私のことを突き放さない理由がわかった気がする。

私が泣きながら電話すると、彼はわざわざ会いに来てくれた。

夕方の美香保公園は、犬の散歩をする人や、野球の練習をする男の子達――色々な人で活気に溢れている。

良かった。もし静かで人気（ひとけ）がなかったら、私はきっと泣きじゃくってしまっただろう。

「お前、やっぱり知らなかったんだな」

今日のことを話すと、途中のコンビニで買ったようかんパンを囓（かじ）りながら、千歳君は呆れたように言った。

「だって、二人とも教えてくれなかったんだもん」

そんな大切なことは、もっと早く、なんなら一番最初に聞かせて欲しかったのに。

それとも気が付かない私が鈍かったんだろうか？

あの壁の古い写真。『BEZZERA』で珈琲を淹れる着物の女性は、時花さんのお祖母ちゃんじゃなくて、もしかしたら——時花さん自身なんじゃないだろうか？

「まぁ、言いにくかったんだと思うぜ。珈琲屋の肩を持ちたくはないけど」

すっかり不貞腐（ふてくさ）れている私に、千歳君が少し不本意そうに言った。

彼の言う通りかもしれないけれど、それでも大切なことを隠されていたのは悲しかった。他にも何か隠してるんじゃないかって、二人を信用できなくなる。

「それで、どうするんだ？」

「……どうしよう」

夕セットに行けないのは不安だけど、二人を頼るのはしばらく嫌だ。二つの気持ちが私を宙ぶらりんにする。

それに、やっぱり時花さんは、松本さんのことにはこれ以上関わらないつもりなんだろう。

「でも私……やっぱり松本さんを助けたい」

考えなきゃいけないことから逃げているような気もするけれど、でも松本さんと高柳さんのことをこのままにはしておけないと思った。

「んなことはわかってるよ。だから他にそいつに繋がる人間とか、見つけられそうなのかを考えろよ。なんにもわかってないなら、まずはそれを調べていかなきゃ」

私のとっちらかった気持ちを整理してくれるように、千歳君は冷静に言った。

「ほ……本当に手伝ってくれるの？」

「だってお前一人じゃ飛べないだろ？」

「それはそうだけど。でも――」

「俺を呼んだ時点で、そんなのわかりきってることなんだから、余計な話は必要ないだろ。それより本題に入ろうぜ」

確かに彼の言う通り、ぐだぐだしていても仕方がないか。

「……千歳君はせっかちだね」

思わずそう言わずにはいられなくて、私は苦笑いした。

「お前がのんきなんだよ」

「この前、千歳君が『渡し』をした時にも思ったけど、千歳君は『風』みたい。不思議。

時花さんはお湯とか、ううん、なんていうか……」

「──血とか、羊水？」

「うん。そう……あたたかくて、いつも誰かの命を感じる」

羊水、という言葉が彼の口から出てきたことには驚いた、でもわかる──体の中を満たす温かい液体。時花さんが『魔女』と言われる一番の理由は、それなんじゃないかってふと思った。

「日暮さんはもう少し冷たくて、寂しかった──寒い日のプールみたいに」

それに時花さんみたいな自分の中の音じゃなくて、なんていうか……もっと外側から共鳴する音のように感じた。

「ぐれさんは寂しい人だし──時間の感じ方も概念みたいなもんも、きっと人それぞれで、多分その時守が、一番長く過ごしていた環境によるんじゃないかと思う」

「じゃあ……私はピアノかな？　私の時間も『音』なのかもしれない」

「だから、それはまだいいんだよ。お前はもっと後で」

千歳君が私を窘めるように言った。彼がタセットの二人と面識があることは、なんとなくわかっていたけれど、日暮さんの話が出てきたことに少し驚いた。

私は日暮さんのことを、まだ全然知らない。彼がどうして『寂しい人』なのかも。もしかしたら千歳君は、私よりも二人に詳しいのかもしれない。

そんな千歳君の存在も、時花さん達はずっと黙っていたんだ……また不信感がじわっと湧いた。

だけどようかんパンにパクつきながら、タブレットを操作している千歳君の、幼い横顔を見ていて思った。

時守の体と時間の流れのことを話せなかったから、彼女は千歳君のことを私に黙っていたのかもしれない。私を不安にさせたくなくて。

そして気がついた——ああ、やっぱり私はどうしても、時花さんを信じたいんだ。

「……なんだよ」

「ううん。なんでもない……」

私の視線に気がついた千歳君が怪訝そうな顔をしたので、首を横に振った。

「まあいいや。これだろ？　ドサンコーレの松本栄(さかえ)選手……ってか面白いな、この人名前に全部『木』が入ってるんだな」

千歳君が私にタブレットを見せてきた。松本栄……言われてみると確かに全部に『木』が隠れている。

「松みたいに自分は頑固でまっすぐだって言ってた。柔らかい高柳さんとは対照的だって」

「ふーん」

私はなるほど、と思ったのに、千歳君にはあまりピンと来なかったみたいで、そっけない答えが返ってきた。

新しい未来で、松本さんのプロフィールはこうなっていた。

『北海道・帯広出身。友人の影響でサッカーをはじめ、中学生の時に親の転勤で札幌に移り、U－15～U－18時代を経て、無事トップチーム昇格を果たした。ポジションはDF』

「転勤で、札幌に来ちゃったんだ……」

そうか……あんなに覚悟を決めて、高柳さんとサッカーを続けようとしていたのに、離ればなれになってしまったのだろうか。とはいえ親の転勤が原因だとしたら、彼にはどうにもできなかっただろう。

松本さんもだけれど、中学校以降の高柳さんの足取りが知りたいと思った。

コーレのオフィシャルサイトの方には、もう少し詳しいプロフィールが載っていた。

利き足に靴のサイズや履いているスパイクの種類——サッカー選手らしいと思った。

その下に続くQ＆Aでは、サッカーを始めた年齢や、寮の好きなメニュー、北海道のお気に入りの場所……とか、もっと細かい情報が並んでいる。

その一つで、画面をスクロールする私の指が止まった。

『Q：尊敬している人　A：親友』

「………」

高柳さんのことだろうか。新しい未来でも松本さんは高柳さんを大切に思っていたんだとわかって、嬉しいのと同時に悲しくなった。

公式サイトには、亡くなってしまった松本選手の追悼ページが作られていて、そこにはファンへのメッセージや、たくさんの写真が掲載されている。

笑顔で写る松本さんの隣に、高柳さんと思しき姿はない。

それも悲しくて、私は千歳君にタブレットを返した。

「でも困ったな。どうしようか……チームに連絡して、上手いこと遺族とかを紹介してもらえたら良いんだけどな」

直接面識があるならいざしらず、ほとんど接点のない私達に、チームが動いてくれるだろうか？

「それよりは……もしかしたら学校に問い合わせたら、何か教えてくれるかも」

「小学校？」

「うん。私も卒業生だし、前に偶然会って話をした縁があるって言えば、何か教えてくれるんじゃないかな」

「まあ、お前だって小学校では有名人だろうし、神通力が使えるか」

「うん……」

そうだといいな、っていう程度ではあるけれど、チームに連絡するよりは、まだ可能性があるような気がする。

「ちょうどいい。小学校時代に学校のサッカークラブのコーチだった人が、事故直後の記事でコメントしてるんだ。関係性はまだ薄い気はするけど、この人から遡っていけば、より身近な人に繋がるかもしれない」

とにかく、過去への道筋は多ければ多い方が良いと、千歳君が身を乗り出した。

そういえば、私が見た松本さんの過去でも、コーチが二人を呼んでいたことを思いだす。

背が高く痩身で、一瞬気難しそうに見えたけれど、二人に呼びかける声は優しかった。

「でも帯広か……まあまあ遠いな」

「そうだね。私から学校に電話かメールしてみるよ」

確か校長先生はもう替わってしまっているけれど、教頭先生はそのままだったはずだ。教頭先生は私にとても親切にしてくれて、イギリスにいる間も手紙や学校の写真を送ってくれた人なので、私も話がしやすい。

そう千歳君に話すと、彼は腕を組んで考え事をするように、少し遠くにあるジャングルジムと合体したような滑り台の方を見た。

私もつられて目をこらす。でも、なんにもないよ？　と思って振り返ると、彼は再びタブレットをのぞき込んでいた。

「なあ岬。お前明日の土曜は風見に振られたんだろ？　だったら、俺と帯広に行ってこようぜ」

「へ？」

行く？　帯広に？　何を言ってるの⁉

「ど、ど、ど、どうやって⁉」

「別に……帯広なら電車も、バスも走ってるだろ？」

「そうだけど、時間だけじゃなくて、お金もそれなりにかかっちゃうんだよ？　私、そんなにお小遣いに余裕ないよ」

ＪＲは往復で八千円ちょっと、バスでも六千円以上したはずだ。

「お金のことは良いよ。お前の分も俺が出せば良いんだろ？」

「えええええ？」

確かに私は自分で払えない。だからといって千歳君に出してもらうのは変だし、そんな甘えて良いような金額じゃない。

「いいんだよ。心配しなくても、過去を変えればなかったことになる出費だし」

困惑する私に、千歳君があっさり言った。

「あ、そっか」

言われてみれば……私達は松本さんの過去を変えようとしているわけで、いわばその調査のための出費だ。

無事に過去を変えて、新しい未来が生まれてしまえば、私達が松本さんのために走り回った時間は存在しなくなる。結果的にお金も使っていないことになるんだ。

「そういう時のために貯金してるから大丈夫」

だから交通費とかは気にしなくて良いよ、と彼は笑った。

「電話をかけても、個人情報云々であんまり相手にしてもらえないことが多いから、こういうのは直接行く方がいいんだ。相手にとっては確かに迷惑で困るだろうけど、その分付け入る隙が生まれやすいし、優しい人ほど俺たちを邪魔者扱いできないから」

なるほど。お金と同じでそういう『迷惑』をかけた時間も消えちゃうから、千歳君は強引に振る舞えるんだ。でもそういう乱暴なやり方は少し苦手だ。

私達は人の気持ちに無理矢理踏み込もうとしているのだから、強引なくらいの行動が必要なんだろうけど。

「とにかく、それでいいな？　明日」

「あ……うん」

こんな風に、まるで自分のことみたいに、一緒に考えてくれる千歳君には感謝しかない。

彼はどうしてここまでしてくれるんだろう……。

「じゃあ決まりだ。お前が行けば邪険にはできないはずだし、無理そうでも泣き落としとか使えば押せると思う。ＪＲの切符買っておくから、明日は日帰りで帯広に行こう」

「わかった」

頷いた私に、「じゃあ何時のＪＲがいいかな、この『特急とかち』と『特急おおぞら』

ってどう違うんだ？」なんて、なんだか嬉しそうにネットを確認しはじめた千歳君を見て、私はますます疑問がふくらんでしまった。

「ねえ千歳君」

「んー？」

「……どうしてそこまでしてくれるの？　同じ時守だからって、やっぱり不思議だよ、変だよ」

「変？」

「もしかして、時花さん達みたいに、何か隠してる？　まだ何か良くないことがあるの？　私に優しくしたくなるような」

疑いたくなんかない。だけど、もしかしたらもっともっと、怖いことをみんな内緒にしてるんじゃないかって、どんどんどんどん不安になってくる。

「同じ時守だからだよ」

だけど千歳君はあっさり言った。

「どうせきっとこの先お互い様になるんだ。俺も、お前も」

「そうかもしれないけど……だからって、やっぱり親切すぎて怖い」

「俺は珈琲屋みたいな気の遣い方はしねーよ」

「…………」

そうかもしれないけれど、信じる勇気をなかなか持てない私を見て、千歳君は仕方ないな、というように短い溜息を洩らした。

「だから……他に頼める人間が、俺だっていないからだよ。時守の時間の流れ方はわかんないからさ。お前が大人になれたとして、もし俺が今の体のままだったら、お前、時々俺の母親のフリをしてくれよ」

「あ……」

「俺……小五から身長もまったく伸びてないんだ。この先もそうかもしれない。もしかしたら何十年も」

——ああ、そうか。

そこまで言われてやっと、千歳君の協力的な姿勢の意味を理解した自分の、物わかりの悪さが嫌になった。彼の姿がどうしてこんなに幼いか、その理由はわかっていたのに。

「そうだよね……うん。わかった、約束する」

「約束まではいらねーよ。お互い重たくなるから」

力強く頷いて、指切りしようと差し出した小指を、千歳君は拒んだ。

「でも」

「いいんだよ。お前とは当面の間、他人以上友達未満くらいの距離感で。そんでもってお互い必要な時だけ利用し合う、都合の良い関係でいたいって訳だ——ＯＫ？」

「お、ＯＫ」

「じゃあ、明日のＪＲの切符とかは、俺が用意するから、お前は今日はしっかり寝て体調を整えておく。ＯＫ？」

「うん。それは勿論わかってる。ＯＫ」

「おう。じゃあ、明日」

これ以上話す必要はないということなのか、それとも彼が弱いところを見せてくれるほどには、私が信用されていないのか、千歳君はそう会話を切り上げて、さっさと歩き出した。

その小さな背中を見ながら、私は改めて、時花さんが私を心配してくれる理由を思った。私を守ろうとしてくれているのは、きっと本当なのだろう。

それでもどんなことだろうと、隠さずにちゃんと言って欲しかったし、お店に来ない方が良いと言われてしまったのは悲しかった。

そのことをぐるぐる考えて悩んでいても、今は仕方ない。

それよりも千歳君の言う通り、体調を整えて、松本さんを今の未来から救い出す方法を見つけなくちゃ。

運動とご飯だ。

自転車に乗ってしっかり運動した私は、その夜苦手な炊き込みご飯をおかわりした。

4

帯広へは始発の次の便、『特急とかち1号』で行くことにした。乗車時間は百六十一分。十一時前には帯広に着く。

土曜日だから、通勤通学の人は少ないだろうと思っていたけれど、地下鉄も駅も結構混んでいて、結局JRの改札をくぐったのは、発車時刻の五分前くらいで、私達は随分焦ってしまった。

それでもなんとか席に着き、ほっと一息。

朝ご飯をゆっくり食べる時間もなかったので、途中のセコマで買ったおにぎりと、駅構内で買ったミスドで腹ごしらえすることにした。

「車内販売とかちょっと憧れてたんだけどな。硬いアイスとか」

「『おおぞら』の方はちょっと前まではあったんだけど。札幌駅は新幹線の工事のせいで、開いているお店が少ないんだし、せめて今だけでも車内で何か買えたらいいのにね」

前は色々なお店が開いていたので、ここまでお買い物に困らなかった。

「セコマのも美味しいけれど、本当は駅でありんこのおにぎりを買いたかったな。前にお父さんが少しだけ日本に帰ってきてた時、買ってくれたの」

「へえ」

ありんこは札幌の人気おにぎりチェーンだ。少し前まで、駅の改札の側にあったのだ。その思い出を話しかけて、私はふと言葉に詰まった。千歳君の前でお父さんの話をするべきじゃないと思ったから。

「別にいいよ、話してくれて。フライドチキン一つでチャラ」

私のセコマで買ったフライドチキンに、ピックをプスッと刺して千歳君は軽く流してくれた。

「札幌で演奏することになった時にね、道東道って一車線だから、事故があると上下線がしばらく不通になっちゃうの。だからその日も仕方なく高速道路を途中で降りて、狩勝峠経由で行ったから、時間ギリッギリになっちゃって」

結局食事もできないまま、お腹ぺこぺこで演奏して、くたくたへとへとになって控え室に戻ってきたら、お父さんがありんこのおにぎりと、豚汁を買ってきてくれていた。

厚い小判型のおにぎりを、スパムと甘い玉子で挟んだポークたまごのおにぎり。

表面にさらっと塩気のまぶされたご飯と、ハムの塩分は、疲れた体にはぴったりで、そこに甘い卵焼きが加わると本当に美味しくて、結局お父さんの分ももらって二個食べた。

お母さんが作るより、さらっとした感じの豚汁も具だくさんで、いまだに忘れられないほど美味しかった。

チェーン店なので他にも店舗はあるけれど、朝早く開店しているのは札駅店だけだった。残念だけど今日は、他の店舗に寄る時間はなかった。私の住んでいる区にもあったらいいのに……。

「お父さんはほとんど日本にいなかったから、あんまり思い出ってないんだ」

この時のお父さんの帰国も、結局離婚の手続きのためだった。

「会ったりしないんだ？」

「……お父さんにはもう別の家族がいるから」

「……そっか」

あの時の二人きりの札幌旅行は、もう会わなくなる私との最後の思い出作りか、罪滅ぼしだったのかもしれないと思う。きっとあれが最初で最後だ。

「んー！　美味しい！　なんだかんだでやっぱりセコマだよね」

なんとなくしんみりとした雰囲気になったのが嫌で、私はセコマのおにぎりをひと齧りして、努めてそう笑った。

でも本当に美味しい。最初の一口目では、具まで到達しなかったけれど、このペタッとした海苔の香りも、塩加減もちょうど良いし、かみしめるご飯自体に甘みがある。

「お前、何にしたの？　鮭？　梅？」

「なんで？　私、ベーコンおかかが一番好き」

次点は和風ツナマヨ。

「お前、やたらと定番を食べそうなイメージがあったから。俺、やっぱ昆布だな、あと梅」

「千歳君こそ結構渋いのを選ぶんだね。『ザ・定番』っていうイメージじゃないのに」

「本当はすじこにしたいけど、高いからな」

そうやって二人で話しながら、朝ご飯をもりもり食べた。

考えてみたら不思議な時間だ。

月子ちゃんもずっと前から友達だったような気持ちにさせてくれるけれど、千歳君もそうだ。今までこんな風に、並んで他愛ない話をしながらおにぎりを食べるような男の子はいなかったし、月子ちゃんとの関係とも少し違う——上手く言えないけれど、本当に小さい頃から知っている従兄弟(いとこ)とか、そんな感じがする。

「……時守は、自分の過去は変えられないんだよね？」

「他人の時間の変化に便乗するくらいだな——なんで？」

「覚えていない別の時間で、実は千歳君に会っていたとか、そういうことじゃないよね？　って思って」

長い時間千歳君と一緒にいたような、彼を知っているような、そんな変な気持ちになったから。

時花さんや日暮さんには感じない、既視感のような。

「お前、時々変なこと言うな？」

「そう？　だって千歳君って、ずっと前から一緒にいてくれたような気がするから」

「俺はまったくしないが？」

「えー……」

相変わらずそっけない千歳君に、思わず唇が尖ってしまう。

「それにしてもバスにしなくて良かったな」

「バスはバスで楽だよ？」

「いや、バスでこんなに食ってたら、俺絶対酔う」

「あはは、確かに」

二の腕が触れあうくらいの距離で笑い合いながら、でもそれが嫌じゃないと思った。

竜太さんと一緒の時は、いつも緊張してドキドキしてしまったけど、千歳君はその反対な気がする。

「でも帰りは遅くても午後三時台の列車に乗らなきゃダメでしょう？　帯広でのんびりご飯食べてる時間ないかもしれないから、今のうちにしっかり腹ごしらえしておこう」

食べ終わったゴミを袋にまとめ、代わりにドーナツの箱をテーブルに載せる。千歳君はドーナツを物色しながら「岬さ、なんか少し変わったよな」と言った。

「え？」

「最初に見た時は、もっとふにゃふにゃひょろひょろしてたのに」

「え、太ったってこと？」

「そうじゃなくて……芯が通ったって言うかさ。俺、今の岬の方が好きだ」

「……す」

前言撤回。突然私の心拍数がメトロノームのテンポ二〇〇を振り切った。

どぎまぎする私なんて、まったく気にしないそぶりで、千歳君がドーナツをもふもふと食べる。

「………」

その横顔はやっぱり小学生の男の子のようで、ドキドキよりは可愛いって思えて、私はなんだか気持ちのやり場を失ってしまい、仕方なく外を見た。

帯広に向かって走り出した窓の向こうは、濃い夏の緑の隙間に真っ青な空が広がっている。

暑い夏を予感させる色だ。穹(そら)を擴(ひら)く——青空は帯広に帰るんだって気になる。

朝が早かったしお腹がいっぱいになったことで、襲ってきた眠気にあらがうこともなく、とろとろ居眠りを繰り返すうちに、あっという間に帯広駅に着いた。

『おおぞら』と違って、『とかち』は終点が帯広なので、乗り過ごして釧路(くしろ)まで行ってしまう悲劇は免れた。

ホームから改札に向かうと、甘くて香ばしい豚丼の香りが微かに漂ってきて、ついさっきあんなに食べたばかりなのに、なんだかもうお腹が空いてしまった気がした。

「帰り絶対豚丼買おう」

どうやら千歳君も同じ気持ちだったみたいで、私は彼の提案に頷いた。

駅を出ると、やっぱり帯広の空はとても高くて、青くて、広い。雲一つない青と、ジリッと肌を灼く乾いた暑さが、「ああ、帰ってきた」という気持ちにさせた。

「鹿、可愛いな、鹿」

歩き出してすぐ、広場にあるブロンズの鹿を見た千歳君が嬉しそうに言う。

「親子なんだって。六花亭と藤丸デパートの前にもあるよ。六花亭の方が立派な角のお父さんで、藤丸の方にいるお母さんと子供達を心配そうに見てるの」

日高の山並みと耕地防風林をイメージして作った帯広駅の建物とセットらしいけれど、あのはぐれている鹿の親子を見ると、私はいつも寂しくなってしまう。

帯広に来るのは初めてだという千歳君は、そんな駅前の開けた風景を楽しそうに眺め、突き出した手のモニュメントや、ブロンズの鹿に興味を示していたけれど、時間がそんなにあるわけではない。

目的が早く済んだら、改めて案内することにして、私達はすぐタクシーに乗り込んだ。

小学校は、駅からタクシーで十五分くらいだった。

帯広の街から離れて少ししか経っていないと思ったのに、街並みは想像していたより変わっている。

通学路にあった、閉店した古いたばこ屋さんのあった場所は更地になっている。小さな公園はジャングルジムが撤去されて、遊具はとうとう滑り台と、ビニールシートをかけた砂場だけになっていた。

見覚えのない、真新しくておしゃれなネイビーブルーのアパート。その前はいったい何が建っていただろう。

そんな感傷のようなものに浸っていると、タクシーは小学校へ着いた。

教頭先生には会いに行くと伝えてあるので、不審者として拒まれることはないだろう。昔とは違い、今日は教員玄関の方から入らなきゃいけない。

入り口のインターフォンで鍵を開けてもらい、生徒用玄関よりも重く感じるドアを開けると、少し黴臭く、湿った冷たい空気が流れてきて、私は急に小学校が懐かしくてたまらなくなった。

「やあやあ、遠くからよく来てくれたね！」

スリッパに履き替え、私の通っていた頃から飼育されているイモリだかヤモリだかの水槽を眺めている内に、本当に嬉しそうな様子で教頭先生が私達を迎えてくれた。

私だけで行くのも心配だし、帯広に行ってみたいと言っている札幌に住む従兄弟が同行すると伝えてあるので、千歳君のことも特に怪しまれはしなかった。

幸か不幸か私達は二人ともちょっと小柄なので、顔は似ていないにせよ『従兄弟』という言い訳にもなんとなく説得力があるようだ。

突然の来校にもかかわらず、先生方は私を本当に歓迎してくれた。

職員室にいた数人の先生達から、元気で良かったとか、大きくなったね、とか一斉に声をかけられるのは、なんだかこそばゆい。

四年ちょっとしか通わなかった学校なのに、ちゃんと覚えていてくれたんだ……。

特に一年生の頃の担任だった長野先生は、「陽葵ちゃん！」と私を見て駆け寄ってきて、なんだか目に涙まで浮かべていた。

「体は？　もう大丈夫？」

「もう大丈夫です。怪我も随分よくなりましたから」

先生の視線が左手の包帯に向けられていることに気がついて、私は左手をグーパーさせる。

包帯のせいもあってぎこちない動きだったので、もしかしたら余計に心配させてしまったかもしれない。

ざわざわさせてしまった職員室を通り抜け、応接室に通された。

教頭先生は改めて、「元気な姿を見せに来てくれて、本当に嬉しいよ」と言った。

そんな優しい人達に嘘をつくのは、心が痛むけれど、私達には目的がある。

だからできるだけ、真実に聞こえるように先生に説明した。

今日はただ挨拶に来た訳じゃなく、同じ小学校のよしみで数年前から親交のあった、松本栄さんについて話が聞きたかった、と。

概ね嘘じゃない。出会った時期がちょっと違うだけだ。

「松本君ね……亡くなってしまって残念だね」

私のことを覚えているくらいなんだから、教頭先生は松本選手のこともちゃんと把握しているようだった。

「はい。亡くなる少し前に会った時、松本さんは同じサッカー部の親友の高柳さんと、コーチだった方のことを、すごく気にしていたんです」

「……高柳――高柳要一君と、コーチだった久保木先生のことかな」

その名前を口にして、教頭先生の表情が曇った。

「はい。何かご存じだったら、聞かせて頂きたいなって思って」

教頭先生は私の質問に、黒縁の眼鏡を外し、目元を静かに押さえながら思案するように俯いて、やがて顔を上げて溜息を一つ洩らした。

「高柳君のことは、松本君の責任じゃないと思うし、いつまでも悔やむなと言っていたんですが……やっぱり忘れられはしなかったんだろうね」

先生が絞り出すように呟いた。

「あの、はっきり伺っていなかったんですけど……やっぱり、高柳さんはもう？」

会話のカードの切り方が間違っていないか、横目で千歳君を確認しながら訊いた。

教頭先生は静かに頷いた。

「確か札幌の大学に進学してからのことだ。周囲に何も告げず、書き置きも残さずに失踪してしまってね」

そうして数日後、河川敷に放置された車から、遺体で発見されたそうだ。

「ちょうどその三ヶ月前、幼い頃一緒にプロを目指していた松本君が、トップチーム昇格を決めてね。それがショックだったんじゃないかと、松本君は気にしていたんだよ」

転校してもそのまま疎遠にならず、それぞれの場所でお互いを鼓舞し合いながら、プロを目指していた松本さんと高柳さんだったけれど、『高校卒業後』という未来が鮮明になるにつれ、その情熱は形を変えた。

「高柳君はご実家が開業医だったから、お父さんの方は病院を継いで欲しいご意志が強くてね。それでも医師免許を取ったら、サッカーをやっていいという約束ではあったらしいけれど」

ひたすらにプロを目指して、ユースチームで自分を鍛え続けた松本さんと違い、高柳さんは先に医師を目指さなければならなかった。

でも実際は約束通り医師免許を取ったとしても、サッカー選手になることは許してもらえなかっただろうし、そもそもそんな回り道をして、プロになれるほど甘くはない

――やがて高柳さんはそんなことを口にするようになり、松本さんと距離を置きはじめたそうだ。

「松本君としても、そこで無理に高柳君にしがみついても、余計に彼を苦しめるのでは

ないかと思ったみたいでね」

　そうして疎遠になって、連絡もまったく取らないまま一年が過ぎた頃、高柳さんは命を絶ったのだった。

「事故や事件の可能性はなかったんですか？　遺書もなかったんですよね？」

　それまで黙って聞いていた千歳君が言った。

「警察の話では、現場の状況から、事件性は薄いそうだ」

　教頭先生が悲しげに首を横に振った。事件であれば良いということではないけれど、自ら選ぶ死はまた悲しいことだと思う。

「だったら、高柳さんのご両親は随分気を落とされたでしょうね」

　そんな千歳君の言葉に、先生は溜息で答えた。

「あんまりショックだったのか、お母さんの方は心の病を患って、今は施設に入っているというし、お父さんも高柳君が亡くなった翌年に、消えるように亡くなってしまったそうだ。兄弟などもいないから、今はもう病院もない」

　そこまで言うと、教頭先生はうーんと唸った。

「問題なのは、残された恋人という人でね」

「恋人ですか？」

「うん。実は高柳君が亡くなる前、帯広に帰って来て……一番最後に会ったのは、元コーチの久保木先生だった。亡くなる前日のことだったそうだ」

さらにその前の日、恋人も高柳さんに会っていた。その時はまったくおかしなそぶりはなかったので、彼女は最後に会った久保木先生に自殺の原因があるのだと思い込んだらしい。

「久保木先生も、高柳君におかしな所はなかったと、そう言っていたんだよ。でも彼女はそれを信じずに、久保木先生につきまといのようなことをするようになってしまったんだ」

久保木先生は、その頃は既に十勝管内の別の小学校に異動していたので、教頭先生がそのことを知ったのは、彼が学校の先生を辞めてしまってかららしい。

自分は教師を辞めて引っ越しをするけれど、そのせいでもしこっちの小学校の方に嫌がらせか何かの行為があったりしたら、迷わず通報して欲しいと連絡があり、何かの際の連絡先として、メールアドレスだけ置いていったそうだ。

「じゃあ、久保木先生は、もう学校の先生じゃないんですか？」

「元々、担当教科は音楽でね。今は作曲の仕事をしているという話はちらりと聞きました」

千歳君の質問に返ってきた答えに、私達は顔を見合わせた。

「音楽の先生？　体育じゃないんですか？」

確かに言われてみると、前に見た松本さんの過去では、筋肉質な体育の先生というよりは、文系や芸術系の教科というのがしっくりくるような人だったとは思う。

「当時、それまでの顧問の先生が異動でいなくなってしまってね」

『放課後サッカー部』は、小学校の職員とPTAで運営されている。地元サッカークラブと違い、リーグ戦に登録はされていないし専門的ではないけれど、時々近くの中学校のサッカー部の先生も指導に来てくれるし、サッカー好きの子供達が所属しているのだ。

「久保木先生はサッカーが好きだし、本人も中学校時代サッカー部だったっていうので、後任が決まるまでの間、数年だけ担当してくださっていたんです」

もう学校の先生を辞めてしまったというなら、直接訪ねるのは難しそうだ。

「どこにいるかは伺えないですよね……？」

「メールアドレスは知っているので、確認はできますが、状況が状況だけに、私達も今どこにいらっしゃるかまでは知らないんですよ」

ダメ元で聞いてみたけれど、教頭先生は申し訳なさそうに首を振るだけだった。

「高柳君と松本君はそもそも印象に残る生徒だったのでね。久保木先生は特に二人に心を砕いていたようです」

だから彼らが卒業した後も、二人とは連絡を取り合っていた。

「優しい先生でした。こうやって生徒二人を失って、きっと彼もがっかりしているでしょう。松本君と交流があったという岬さんが連絡を取りたいと言っているなら、きっと応じてくれるんじゃないかな」

教頭先生は寂しそうに言った。久保木先生に、可能であれば私のメールアドレスに連絡してあげて欲しいと、彼にメールを送ってくれるそうだ。

私達は教頭先生にお礼を言い、玄関で長野先生の情熱的なハグと、「また遊びに来てね、元気でね」という涙声に見送られて、小学校を後にした。

5

私達の姿が見えなくなるまで、教頭先生と長野先生、そしてちょうど通りかかった三年生の頃、隣のクラスの担任だった先生（確か藤(ふじ)先生だったと思う……）まで一緒に、ずっと手を振ってくれていた。

名残惜しいような、去りがたいような気持ちでポトポト歩き出した私に、千歳君が「いい先生達だったな」と言った。

「うん。本当だね……今度ちゃんと、改めてお礼に来たいな」

事故の後、バタバタとなんの挨拶もできないまま、札幌に引っ越してしまった。

ピアノを弾けなくなった後の私のことを、こんな風に心配して抱きしめてくれる人がいたことに、私は全然気がついていなかった。

「それで、どうするの？」

ここから先の行き先を、私達はすっかり失ってしまった。

「うーん。そのさ、高柳さんの病院があった場所、知らないのか？」

「ちょっと記憶にないな……校区も、それなりに広いし」

作戦会議と称して、ジャングルジムがなくなった公園のベンチに腰を下ろした。

前にお祖母ちゃんの家の隣に住んでいた大学生のお姉さんに聞いた話では、昔はブランコもシーソーもあったらしいけれど、古くなったり、危ないからって、だんだん撤去されたらしい。

なくなってしまうなら、一度あのジャングルジム、登ってみれば良かったなって思った。

今日みたいな日に、ジャングルジムの上で青空に手を伸ばしたら、きっと摑めそうで楽しかっただろう。

「あ、あった。多分これだな」

そんな物思いに耽る私の横で、タブレットをいじっていた千歳君が画面を見せてきた。

そこには『高柳内科・小児科医院』とその横に赤い『廃業』の文字が書かれている。

一応古い地図も載っていた。

ここから歩いて十分ほど。場所は幹線道路沿いだし、どっちみちまた駅に戻るのにタクシーを拾わなきゃいけないので、とりあえず行ってみることにした。

懐かしい道だ。そんなに長い間離れていたわけでもないのに、もうずっと来ていなかったような気持ちになってしまう。

「あ！」

「岬？」

いつも触ってみたいなって思いながらも、横を通るだけだった可愛いわんちゃんが柵の間から鼻を出していた。

お庭とお家を自由に行き来できるようになっているらしく、人が通る時間は楽しそうに柵に鼻を突っ込んで、通る人に撫でてもらっているのだ。

犬種は多分柴犬とか、そんな種類。茶色くて、中型犬くらいの大きさで、ちょっと太めで、顔が白いのがとっても可愛い。

すっかりモカで犬に慣れていた私は、我慢できずにその黒々濡れた鼻の上を、そっと撫でようとした。

「ぐるぅ〜〜わん！」

「ひゃっ」

途端にわんちゃんは鼻の頭に皺を寄せ、吠えた。犬語がわからなくてもはっきりわかる――『触ったらかみつくぞ』だ。

後ずさって転びそうになった私を、千歳君がぎゅっと受け止めてくれたので、尻餅をつかないで済んだ。

「お前……何やってんの？」

「だってみんな触ってて、可愛いなってずっと思ってたから……」

いつも私をつぶらな瞳で見てくれていたから、こんな風に嫌がられるとは思ってなかった。

「まあ、和犬は気まぐれだし、モカみたいにいつでも撫でられたい訳じゃないんだよ」

「そうなんだ……」

私はしゅんとなった。

「お前、本当に危なっかしいにも程があるな」

千歳君は怒ったように言って、さっさと私の先を歩き出した。

私も自分でそう思う。呆れてしまうほどに。

とはいえしょんぼりする時間はそう長くもなかった。すぐに高柳医院があった場所にたどり着いたからだ。

今はデイケアサービスの会社が入っていた。

玄関先のゆるいスロープや看板など、中身こそ変わっていても、写真の中の『高柳医院』の面影はそのままある。

「……経営者の人に話を聞いたら、少しは何か知ってるかな?」

「さあな。それなら不動産屋の方がまだ知ってそうだけど」

千歳君はそんな話をしながら、病院から少し行った先の喫茶店を見ていた。

「喉渇いたし、ちょうどいいか」

看板の文字が少し薄くなった、年季の入った喫茶店だ。私達はおそるおそるそこにお邪魔した。

案の定、そこは一見さんお断りとまでは言わないけれど、地元の年配の人が集って井戸端会議をするような、雰囲気のあるお店だった。先客はみな、お年寄りだ。

カウンターの中には私のお母さんよりも少し若いぐらいの女性と、もう少し歳のいった女性の二人。親子なのか姉妹なのか、なんとなく顔が似ている。

場違いだとでも言うみたいに、二人は私達を一瞥したけれど、「メニューこれね」と、若い方の女性が、ラミネートされたお手製のメニュー表を渡してくれた。

「いいね、デート？」

年配の女性も、そう言ってお水とあったかいおしぼりを出してくれる。

「ち、ちがいます……そうじゃなくて……」

千歳君はそこまで言って、ジンジャーエールをオーダーした。

「私はアイス――ううん、じゃなくて、バナナジュースをお願いします」

冷たいカフェラテを頼もうとして、メニューでおすすめされているバナナジュースに軌道修正した。タセットみたいな気持ちで迂闊(うかつ)に頼んで、苦かったら困る。

少し静かになったお店の中では、先客のおばあさん達が、奇妙なお客である私達を警戒するように――もしくは興味津々といった様子で見ていた。

さすがに居心地が悪くて、私は若い方の女性に、「ちょっとお伺いしたいことがあって」と切り出した。

「なあに？」

と、女性は怪訝そうに答えた。面倒なことはごめんだと顔に書いてある。

「あの……私、実はすぐそこの病院の息子さんだった、高柳さんの友達の知り合いなんですけど、その人が最近亡くなっちゃって。でも生前高柳さんのことをよく話してくれたから、その……なんていうか……」

一瞬怯みそうになりながらも、たどたどしく若い女性に伝えかけて、でも話しながら、なんと言えばいいのかわからなくなって、千歳君を見る。

「高柳さん――って、要一君……要ちゃんのことよね。何が聞きたいの？　聞いてどうするの？」

千歳君が助け船を出してくれる前に、女性が更に顔をしかめて言った。

「どうって……どうする訳でもないんですけど……」

「友人の松本さんが悔いを残して死んでしまったから、俺達、少しでも何かしたいんです。特に彼は自分のせいで高柳さんが死んでしまったんじゃないかって、悩んでいたから」

「もう亡くなってるなら、できることなんてないと思うけど……」

慌ててフォローしてくれた千歳君に、カウンターの中の女性は納得のいかない表情で呟いた後、隣の年配の女性と顔を見合わせてから、諦めたように息を吐いた。

「……お友達の『松本さん』って、栄ちゃんのことでしょ？　覚えてるわ。ちっちゃい頃、二人でよく暗くなるまでサッカーの練習してたもの」

バナナジュースの支度を始めながら、年配の店員さんが言った。

「でも何が知りたいの？　要ちゃんの自殺の原因？」

若い方の店員さんが、ジンジャーエールの栓を抜きながら、つっけんどんに聞いてきたので、私達はまた顔を見合わせてしまった。

私達が本当に一番知りたいのは、高柳さんや松本さんを救うために、過去に飛んでくれる人だ。

でもそれを言っても理解はしてもらえないだろう。

「原因はわかっているんですか？　遺書はないって聞きました」

千歳君が答える。

「……悪い先生じゃなかったんだよ、高柳先生は」

その時、私達の後ろに座っていたおばあさんが唐突に、ぽつりと言った。

「そうそう。よく話を聞いてくれて、結構時間外でも診てくれてね。むしろとっても良い先生だったの」

その隣の女性も同意するように言う。おばあさんの向かいに座ったおじいさんも、うんうんと頷いた。

「うちの娘の友達がね、子供が熱出して、最初は風邪じゃないかって言われたんだけど、いつもと泣き方が違うから不安だって言ったら『それなら』って、先生ちゃんと信じて調べてくれて。お陰でおっきな病気が見つかってね。でも早期発見だったから大事に至らなかったのよ」

　更に隣のテーブルの女性が言うと、店にいる七名のお客さんは、みんな同じように
「本当に良い先生だった」と声を揃える。

　彼女達の話から察するに、高柳さんのお父さんは『かかりつけのお医者さん』として、地域の人々に信頼されていたようだ。

　柔和で優しい印象で、いつでも患者さんに寄り添って、話を聞いてくれる町のお医者さん。

　でも彼は仕事に一生懸命過ぎたそうだ。

　高柳先生は名医ではあったけれど、家庭にまでは手が回らなかったらしい。

「患者としてはありがたいけど、奥さんの立場で考えるとね……。そりゃ家事も育児も全部ほっぽりだして、他人の世話ばっかりしてたらさ、誰が家族だかわからないもの」

「一時期、奥さんも実家に帰ったりしてたし、家の中は大変だったんじゃないかな」

　お客さん達が口々に訊かせてくれる高柳家の内情。

　奥さんは病院の事務もやりながら、家や子供のことをすべて一人でやっていた。元々そんなに体が丈夫な人ではなかったので、随分苦労していたらしい。

「……お父さん達が喧嘩してるから家に入れないって……時々ここに来てたのよ」

　年上の店員さんが寂しそうに言った。

「要ちゃん、聞き分けの良い賢い子だったから、色々我慢してたんだと思うのよ。だか

ら年齢よりずっと大人びている感じで、可哀想だったわ。なんでもかんでも自分で抱え込んで、自分さえ我慢したらいいんだって」

――可哀想だね、ひまわりは。どんなに雨が嫌でも、目を閉じたりできないんだから。

店員さんの話を聞いていた私の胸に、不意に高柳さんの言葉が過った。

あの『可哀想なひまわり』は、高柳さん自身だったんだろうか。

「幼なじみの恋人って子も、元々お父さんのお友達のお嬢さんでね。時々ここにも連れてきてくれたけど……あの子は逆にちょっと幼いところがあって、恋人同士っていうよりも、兄妹みたいだった。そういうのも重たくなりすぎて、我慢できなくなっちゃったのかもね」

カウンターの中で二人が話すのを聞きながら、私はそっと目を伏せた。

その『幼なじみ』が、コーチのストーカーになった人だろう。今のところ、会って、高柳さんの過去へ繋げられそうな人は、コーチと彼女しかいない。

「その恋人って人は、今どこにいらっしゃるんですか？」

「さあ？　要ちゃんに合わせて札幌に進学したって聞いてるけど、今はどうなのかしら？　でもまぁ……若い子なんだから、そのまま札幌で暮らしているような気もするけれど」

「じゃあお母さんの行方も……？」

落胆して黙ってしまった私に変わって、今度は千歳君が訊いた。

お客さんや店員さん達が、言いにくそうに顔を見合わせる。

「それが……要ちゃんが死んじゃった後ね、奥さん、自殺未遂を繰り返すようになっちゃったのよ」

お客さんの一人が、ちょっとだけ声のトーンを落として教えてくれた。

思わず本当かと確認するように店員さんを見ると、二人は悲しそうに頷いた。

「そう……それですっかり目が離せなくなっちゃって。入院させたり、親戚に預けたり、高柳先生も随分苦労してたらしいのよ」

そうして、医者の不養生ではないけれど、高柳先生に病気が見つかった時には、もう既に遅かったそうだ。

一ヶ月ほど休診が続いたかと思うと、彼はそのままあっという間に亡くなってしまった。

奥さんはその後どこかの施設に入ったらしいというのは教頭先生も言っていたことだけれど、今どこにいるのか、元気にしているかは誰もわからなかった。

そのまま、喫茶店の中が静まった。

遠く微かに、シ、ソ、シ、ソと救急車のサイレンが聞こえる……。

沈黙を断ち切るように、年上の店員さんがバナナジュースをミキサーにかけ始めた。

それでもみんな、会話を再開する気になれないらしい。

やがてミキサーが止まり、再び店内が静かになると。お店の一番端っこにいた、きれいな白髪の女性がぽつりと言った。

「……復讐、だったのかねぇ」

「え？」

驚いたように返したのは、その隣にいた別のお客さんだ。

「だって何も言わないで死んじゃったでしょ？　要ちゃん」

「そうだけど……」

「そのせいで、奥さんはまず恋人の晴花ちゃんを随分責めてね、お葬式の時とか結構大変だったの。それで晴花ちゃんは、要ちゃんの知り合いのストーカーになった、なんて話も聞いてるし……やっぱり憎む相手がいないとダメなのよ」

二人の会話に注目する私達に、白髪の女性はそう言った。

「誰だって大切な人の死の原因が、自分かもしれないなんて思いたくないからね――要ちゃんはそれをわかっていて、だからこそ遺書も書かないで逝ったんじゃないかしら。憎い人達に、優しい言葉なんて残したくなかったのかも」

「………………」

だとしたら、彼はたくさんの人を憎んでいたってことだろうか？

「だ、だけど栄ちゃんは違うと思うわよ？　要ちゃんはね、帰省した時はかならずうちに来て、バナナジュースを飲みながら、近況報告をしてくれたの」

そう言いながら、年上の店員さんが、私の前にことん、とバナナジュースをおいてくれた。

「時々栄ちゃんの話題も出てね、栄ちゃんが自分の代わりに夢を追いかけてくれているから、頑張れるんだって言ってたのよ」

そう言って目頭を押さえた店員さんの声は優しかった。

ここは私にとってのタセットのように、高柳さんにとっての優しい避難場所だったのだろうか。

そういう場所があったということに、私は少しだけ安堵した。

「ちっちゃいころ、栄ちゃんと二人でコーレの選手になるんだって言ってたから、栄ちゃんもすごく心苦しかったと思うわ。だからって、栄ちゃんが悪いわけじゃない。要ちゃんだって、それはちゃんとわかっていたと思うの」

だけどわかっていることと、それが平気であることは、また別なんじゃないだろうか。

高柳さんが好きだったというバナナジュースは、優しく甘くて、とろりと冷たくて、ヨーグルトの爽やかな酸味が美味しい。

高柳さんがこの優しい味と一緒に、どんな気持ちを飲み込んでいたのか考えて、私は心が重くなった。

6

喫茶店を後にして、私達はタクシーがたくさん走っていそうな通りまで、もう少し歩いた。

帯広で出会った人達の力は借りられそうにない。

喫茶店の店員さんも、高柳さんに心は寄せていたけれど、彼のために過去に行きたいと願うほどじゃなかった。

「しょうがない。後は例のコーチの反応待ちかな」

「うん……」

答えながら、道ばたの花壇に咲いたひまわりを見た。

帯広で見るひまわりは、なんだか札幌より背が高くて大きい気がする。種類が違うんだろうか？　それとも気候の違いなんだろうか。

重い頭を俯くように下げたひまわりは、夏の日差しの下でも足下に暗く影を落としていた。

「どうした？」

思わずひまわりの前で足を止めていた私に気がついて、千歳君が振り返った。

「ううん。ただ一日話を聞いてみて、高柳さん、すごく息苦しい世界で生きてたんじゃないかなって思って」

「まあな……」

千歳君が頷いて、短い溜息を一つ洩らす。

「こんなことをやってると、自分で死んじゃうような人と関わることもあるんだけどさ、『そんな理由で？』ってちっぽけな理由で死んじゃう人が、時々いるんだ」

私の横に立って、自分の背丈より大きいひまわりを見上げながら、千歳君が言った。

「でもさ、それって多分、表に見えてる部分だけなんだよ。ちっぽけなそれはただのきっかけだったり、物事の先っぽなだけで、本当は複雑で色々なことがこんがらがって、その人の中で絡みついてるんだと思うんだ」

「うん……」

なんとなくわかった。高柳さんが色々なことを抱えていたらしいことも。

そして、そのきっかけも。

「……今日ね、こうやって帯広に戻ってきて、懐かしい風景、懐かしい匂い、変わってしまって寂しい風景、欲しかった言葉や、知りたくなかったこと、次々覆い被さってきて――もしこれが一人きりだったら、私もどこかに逃げちゃいたいって思ったかも」

「え？」

だって懐かしい故郷は、優しくて、苦い。あったかくて、寂しい。

「………」

呟くように言った私に驚いたのか、千歳君はやけに真剣な表情で、私の右手をぎゅっと掴んだ。

「に、逃げないよ！　今日は千歳君がいるし……思ったとしても、変なことはもうしないよ。今は私だってすごく後悔してるんだから」

「…………」

千歳君は私の手を離さなかったので、仕方なく私は「行こう」と言って彼を促した。

「それでも……やっぱり今日は千歳君がいてくれて、私、本当に良かった」

「……うん」

不本意そうな声が返ってきて、私はふ、と苦笑いする。

「もしかしたら……高柳さんも一人で来てなかったら、ただ懐かしい気持ちだけで終われたかもしれない。進学で離れた故郷を、ただ楽しく見て回れたのかも」

でも彼は一人で来た。コーチと二人で何を話したのかはわからないけれど、帰りも一人だっただろう。

「……事故に遭った時ね、私、死んじゃうかもしれないとか、お母さん達が悲しむだとか、そんなことひとつも思い浮かばなかったの。あの時はね、ただ『今』から逃げたかったし、私は一人だったの」

遠い外国で、友達もいなくて、叱られて、悲しくて、ひとりぼっちの帰り道だった。

「もしかしたら、高柳さんもそうだったのかも」

声に出すとなんだかかすれてしまって、私は自分が泣いていることに気がついた。

千歳君が私の手を摑む指に力を込めた。痛いくらいに。

「……次にそんなこと思ったときは、俺に連絡しろよ。すぐに迎えに行くから」

まっすぐに私を見る千歳君の目は、怒っているみたいだった。

「も、もうないよ、きっと、もう大丈夫だよ」

「わかんないだろ。お前ちょっと……時々周りが見えなくなるっぽいから」

「それは千歳君だって同じだと思うけど……」

「お前と一緒にすんなよ。でもいいか？　本当にいつでも、何時だって良いから」

「いつでも？　夜中の三時とかでも？」

千歳君が本気で言っているのはわかったし、彼の言葉が嬉しかった。同時に、こんな風にまっすぐに優しさをぶつけられることに慣れていなくて、私は少し茶化すように言ってしまった。

「何時でもって言ったら何時でもだよ。だって俺達の時間は一回きりなんだから、俺に変な後悔させるなよ」

「……うん。そうだね」

そうだった。私達の後悔は永遠に続くんだ。

「じゃあ千歳君も、いつでも私を呼んで良いからね。困った時だけじゃなくて、ただ寂しいなって思った時でも」

強く握られた手を剝がすんじゃなくて握り返した。

途端に千歳君はほっぺたを真っ赤にして、乱暴に私の手を振りほどいた。

「と、とにかく、今日はもう帰ろう。少しは時間ありそうだし、どっか見よう。暗いのはこれで終わりにしようぜ」

確かに、その意見には大賛成だ！

どこに行くか悩んだけれど、駅まで行くなら途中にばんえい競馬の帯広競馬場がある。

私達は競馬はできないけれど、あそこにはふれあい動物園がある。

ばんえい競馬で走る『ばん馬』は大きい。すっごく大きい。千歳君は近くで見たことがないっていうので、ちょっとだけ寄り道することにした。

土曜日だけあって、飲食店や野菜の直売所なんかがあるエリア『とかちむら』の入り口では、ちょっとしたフリーマーケットが開かれたりしている。

月子ちゃんに何かお土産を買っていきたかった。この時間はなくなる予定だ。千歳君に買っても意味ないぞ？　って言われたけれど、それでも私は可愛い馬のマスキングテープを買い、千歳君は大きな蹄鉄を買った。

馬の足につける蹄鉄は、定期的な交換が必要で、外した蹄鉄は幸運のお守りって言われている。ここのばんえい競馬では使われた蹄鉄が販売されているのだ。

ばん馬の足は大きくて、その蹄鉄は指を広げた私の掌より大きい。

ふれあい動物園でひとなつっこいばん馬の大きさに千歳君が驚くのを見て楽しんだり、

動物たちににんじんをあげたりした後、駅に戻った。

時間はもう三時を過ぎている。駅の中のエスタで豚丼を買おうとしたら、六十分待ちと言われてしまって、私達は泣く泣く断念した。

「あらかじめ電話で予約しておけば良かったね」

「まあ仕方ない、もしかしたらまた帯広に来るかもしれないし」

コーチがどこに住んでいるかわからないのだから、それもあり得るだろう。

だったら今日は別のおすすめがある。

私達はそのまま駅で三時のおやつと夕食を買うことにした。

「白スパサンド！　これ、名物なの！」

千歳君を、ますやパンに連行する。

帯広でパンと言えばますや。インデアンカレーに並ぶソウルフードだ。

白スパサンドは、辛子マヨネーズで和えたスパゲティを、食パンで挟んだサンドウィッチで、炭水化物を炭水化物で挟んでいるのでボリュームたっぷりだ。

「あとこれね、チキチキ南蛮！　甘酸っぱくて美味しいの！　おすすめ！」

甘酸っぱいソースのかかった唐揚げを挟んだコッペパン。上に載った白髪ネギがシャキシャキで嬉しい。

「私はこのバタークリームを挟んだやつと……あとやっぱりベビーパン。ずっと食べちゃう。おっきいの買って一緒に食べよ」

ベビーパンはいわゆるちぎりパンで、物心ついた時から家にあって、朝ご飯やちょっとお腹が空いたときに、ふっくらしたのをむしって食べていた。

なんにもつけなくても優しく甘くって、ほわほわのちぎりパン。私は上にゴマがないのが好きだけど、体に良いからっていつもお祖母ちゃんはゴマ付きのを買ってきた。最初にこんがり色づいた上の皮の部分を、先にゴマごとべろりとめくって食べるのが、大きくなってもすっかり私の癖になっている。

あとはしっかり弾力のある生地に、ぶっといフランクをはさんだジャンボフランクや、どこを囓ってもかならずお豆にあたる、幸せな豆パン。

千歳君はそれに加えてカレーパンを買っていた。帰りの列車はパン祭りになりそうだ。しっかり牛乳を買っていかなくちゃ。

パンを買い終えた後、向かいのクリームテラスでソフトクリームを食べ、コンビニで飲み物やスナック菓子を買い終える頃には、もう発車時刻が迫っていた。

今回は行きよりもっとギリギリで、パンを抱えて走る羽目になってしまった。なんとか無事に席に着いた時には、私はなんだか笑いが止まらなくなった。

こんな風に大慌てで列車に乗ったのは初めてだ。

「お前……大丈夫か？　無理して変になってないか？」

「わ、わかんない、ふ、ふふふ」

いつまでも笑いが収まらない私を心配するように、或いは呆れたのか、千歳君が困り顔をする。

その顔を見て私は更におかしくなってしまって、身をよじった。

「まあ、楽しいなら良いけどさ」

カツゲンの紙パックにストローを刺しながら、千歳君が苦笑いする。

「はぁ……」

発作のような笑いが収まって、座席の背もたれに深く体を預けると、どっと疲労感が襲ってきた。

『疲れた』と『悲しい』は、似た形をしてるんだろうか。

「…………」

黙り込んでしまうと、今度は急に泣きそうになってしまった。今日の私はものすごく感情的で、心がフラフラしている。

上手く名前のつけられないモヤモヤした感情で、心が破裂してしまいそうだ。

「……何をしても、助けてあげられなかったらどうしよう」

思わずぽつりと呟くと、不安がくっきり形になったみたいに、一気に私に覆い被さってきた。

「……ひまわりは可哀想だって言ってたの」

「ひまわり？」

「うん。雨の中のひまわりが可哀想に見える人は、きっと優しい人だと思うの。確かに私が会った高柳さんは、本当に柳のように繊細そうで、柔らかい心の人だったと思うから……あの人を死なせなくてすむ未来が、本当にあるのかな」

涙を堪えながら言うと、千歳君は急に何かに気がついたように、「ああ……そっか」と言った。

「岬、お前さ、もしかして両方助けようと思ってる？」

「そりゃそうだよ！」

思わず声が大きくなってしまって、私は慌てて声を潜ませた。

「松本さんは高柳さんを助けたくて過去に飛んだんだよ？　これで松本さんが助かったとしても、また高柳さんが死んじゃったら、振り出しに戻ってるだけじゃない」

「まぁ……言いたいことはわかるけどさ」

「だって」

「わかるけど、一兎(いっと)をも得ずじゃしょうがない。優先順位は決めておいた方が良いぜ」

千歳君が、少し厳しい口調で言った。

「じゃないときりがないし、自分から死のうとする人はなかなか止められない」

「そんな悲しいこと、言わないで」

「でも本当のことだ。俺達が使える時間はたったの4分33秒。事故を防いだり、ちょっとした何かを気づかせたり、やり直させることはできても、人の心や決意までは変えられない」

それは意地悪なぐらいに説得力のある言葉で、とうとう私の頬に涙が伝った。

「あー、もう、今度は泣くのかよ。お前、そんなんじゃ珈琲屋の出禁解けないぞ？」

千歳君が呆れたように言って宙をあおいだ。

「私は自分の心に嘘をつくことができないから？」

「そうじゃないけど、俺たちは本当は無力だってことは忘れない方が良いと思う」

千歳君は袋の中からベビーパンを出した。

小さな山が縦に二つ、横に三つ。合計六つの膨らみから、千歳君は二山分むしりとった。

微かに甘い、小麦の香りがした。

「守らなきゃいけない人や、助けたい人はたくさんいる。全部は無理だ。でも六人は無理でも、二人なら大丈夫かもしれない。三人かもしれないし、一人かもしれないけど、それでも救える人はいるから、俺達はそのために賢く立ち回って、時には残酷にならなきゃいけないと思う」

残酷に。ふわふわ柔らかいパンを、選んでちぎりとるように。

「今回俺達がやろうとしているのは、確かに高柳さんの過去を変えることだけど、それは高柳さんを救うためじゃなくて、そうすることで間接的に松本選手の未来を変えるためだって考えた方が良いと思う――ＯＫ？」

「ＯＫ……じゃない」

千歳君の言っていることはわかる。それが正しいということも。でも、それでも悲しかった。高柳さんがまた死んでしまう未来は。

「そっか……まあ、とりあえずできるかぎりのことをしようぜ」

私の説得を諦めたのか、千歳君はそう話を終わらせた。

「…………」

彼の方が引いてくれたのに、そんなことも悔しくて、私は返事ができなかった。

「……ベビーパン、お前二つね」

もふっとベビーパンの一山を口に放り込んで、「うま」と呟いた千歳君が、六個の塊から、私に二つだけ渡す。

「ダメ！　普通三つずつでしょ⁉」

「じゃあ豆パン一個ちょうだい」

「ダメダメ！　ＮＯ‼」

千歳君がガサガサとパンの袋を引っかき回しはじめたお陰で、気まずい空気はどこかへいってしまった。

千歳君は多分、私より心が大人なんだ。

時守としても先輩だし、きっと私の知らない苦労もしてきた人なんだと思う。

子供っぽい自分が悔しい。

お母さんはピアノ、ピアノと言うけれど、全部ピアノのせいにして、色々なことから逃げてきたのは私自身だったのかもしれない。

列車がトンネルに入り、窓に私のちいさな顔が映った。

早く、もっと大人になりたい。

7

久保木コーチからのメールは、思ったより早く来た。

列車が南千歳を通過した頃だった。

それならもう少し帯広にいれば良かったか、いやいやでもさすがに帰りが遅いのはお母さんが心配する——なんて色々考えたけれど、数回やりとりしたメールによると、コーチは今札幌に住んでいるらしい。

久保木先生は高柳さんの恋人だった『晴花ちゃん』から、つきまといの被害を受けている。

最近は身辺も静かだとは言いつつも、私達を警戒しているのがメールから読み取れた。

それでも教頭先生からの紹介というのが、少しは身元の保証になったんだろう。彼は明日私達と会ってくれることになった。

本当ならタセットで待ち合わせたかったけれど、私は出禁中だし、千歳君がものすごく嫌がったので、場所は区役所近くのファミレスだ。

全席半個室の所なので、他の人の目を避けられるから安心感もある。

時間は午後三時。お昼の時間は過ぎていたけれど、デカ盛りパフェやクロッフルが人気のお店なので、スイーツ目当てのお客さんで、店内はそこそこ混んでいた。静かじゃない方が、会話も喧噪に紛れていいと思う。

私達の方が少し早くお店に着いたので、先に席で待つことにした。

お昼は食べたと言いながら、千歳君が熱心にタブレットメニューのパスタやオムライスを見ているので、お昼は家でそうめんを食べた私まで、なんだかお腹が空いてきた。

これ以上は目に毒だ。私はほっぺたをテーブルに預けるように突っ伏した。

しっかり寝たはずなのに、昨日の疲れが全然とれていないのか体が重い。

眠っちゃいそう……と、まぶたに重みを感じていると、幸い寝てしまう前に久保木コーチがやってきた。

過去の時間で見た時よりも髪は白く、もともとほっそりしていたのに、更に痩せてしまった印象だった。

少し顔色が悪いようにも見えたけれど、コーチだって楽しい話題にならないことはわかっているだろう。

来てくれたことに感謝しかない。

「わざわざ来てくださってありがとうございます」

慌てて立ち上がったせいで、テーブルのお水が少しこぼれてしまった。千歳君は代わりにそれを拭きながら、私の隣に席を移した。

「久保木です。実は多分一度、帯広で貴方の演奏を聞いたことがあると思います」

「え？　本当ですか？」

「イベントでね。お会いできて嬉し――」

久保木コーチが、丁寧に頭を下げてから、私達の前に座る。そして彼は私の顔を見た途端に言葉を途切れさせ、黙り込んでしまった。

「あ……あの？」

「失礼。もう一度お名前を伺っても？」

「あ……岬です。岬陽葵」

コーチは私の名前を聞いて、表情をこわばらせた。

「……同じ『岬』という姓だから、気になったんですが……もしかしてご親戚に『茉莉』さんという人はいなかったかな？」

「え？　『茉莉』……ですか？」

ちょっとわからないです、と首をひねると、コーチはなぜだかほっとしたように息を吐いた。

「そうですか……すみません。昔貴方によく似た知り合いがいたんです。同じ『岬』という姓で、ピアノが趣味だったので……でも他人の空似でしょう」

「ええ、親しい友人でした。でも一緒に出かけた帰りに、彼女だけ事故に遭ってしまって」

「お友達ですか？」

でした、と過去形で語られたことに、『茉莉』さんが事故に遭った後、どうなったのか聞く必要はないなって思った。悲しいことはこれ以上聞きたくない。

「それより、今日は高柳のことが聞きたいと？」

コーチも話題を変えたかったみたいで、仕切り直すように言った。

私達は用意していた『理由』を簡単に話した。生前松本さんと親交があって、彼の遺恨を晴らすために、高柳さんが自殺に至った動機を調べたい——というものだ。松本さんが高柳さんの死に責任を感じていたという話は、彼らを知る人には説得力がある。

コーチは、話す前に「先に何か頼みましょうか」と言った。

飲み物だけでいいと言ったのだけれど、ご馳走するからとパフェまで勧められてしまった。嬉しいけれどなんだか申し訳ない。

「昔、東京で落語を見たんですよ」

オーダーを終え、フリードリンクを取ってきて席に着くと、コーチは唐突に私達に言った。

「落語、ですか？」

何を言われているのかと、私達は顔を見合わせた。

「ええ『死神』という演目で……主人公は貧しい男なんですが、死神と縁を結んだのがきっかけで、病人に憑いた死神を見えるようにしてもらうんです」

落語には詳しくないけれど、その話はなんとなく聞いたことがあった。人気アーティストが曲にしているのだ。

コーチの話ではこうだ。死神が見えるようになったその人は、『医者』の看板を掲げて、病人を診るようになる。

死神が枕元にいる場合は助からないが、足下にいる時は、『アジャラカモクレンテケレッツのパー』と唱えると、彼らは去って行くのだ。

それを利用して、失敗続きだった男は、あっという間にお金持ちになって、愛人を作ったり、贅沢な暮らしをはじめる。しかし、運悪くその後の患者はみんな枕元に死神のいる人ばっかりで、今度は藪医者だという噂が広まり、またすっかり貧しくなってしまうのだった。

そうして、やがて富に目のくらんだ男は、大金目当てに死神を出し抜くズルをする。けれどそんなことは当然許してはもらえずに、怒った死神に無理矢理、ある洞窟に連れて行かれてしまう。

そこにはたくさんの蠟燭の火が揺れていて、その一本一本が人間の寿命だと言われるのだった。

「……馬鹿げた話だと思いませんか。命がたった一本の蠟燭だなんて」

コーチは眼鏡の向こうの細い目を、更に細めて言った。

私も千歳君も、コーチが何を言おうとしているのか計りかね、曖昧に頷きを返した。

「……でもね、もしかしたら本当にそうなのかもしれない。人は時に、簡単にその命の灯火（ともしび）を消してしまうから。私はもしかしたら、その火を消してしまう男なのかもしれないんですよ」

「……え？」

「松本も高柳も、そして茉莉さんも、私に会った後、突然死んでしまっているんです」

「………」

また千歳君と私は顔を見合わせ、返答に詰まった。

「おかしなことを言うと、困惑されているでしょうね。でも……もうそうとしか思えないんです。松本が試合で酷い怪我を負ったのも、私が試合を見に行っている時でした」

それは松本さんにとってとても大事な試合だったそうだ。

だから彼は恩師ともいえる久保木コーチを試合に招待した。

試合は後半、一対一で迎えた大事な局面で、どちらの選手もヒートアップしていた。

そんな中、相手ゴール前で、高いボールを奪い合っていた松本さんは、対戦チームの選手と、激しくぶつかりあってしまったのだ。

そのまま彼は意識を失い、急いで病院に搬送された。幸い一命はとりとめたものの、脊髄を損傷し、胸から下に麻痺（まひ）が残ってしまったのだった。

「それでも松本は少しも諦めていなかったんですよ。毎日リハビリを重ね、これからが自分の後半戦なんだと言っていたんです。なのに、私がお見舞いに行ったその夜に……」

松本さんは誤嚥が原因で肺炎を起こし、あっという間に亡くなってしまったそうだ。

「高柳もね、久しぶりに訪ねてきてくれたあの子は、ごく普通の様子だったんですよ」

久保木コーチは懐かしそうに、だけど寂しそうに言った。高柳さんが命を絶ってもう五年経つという。

「楽しい夜だったんですよ。すっかり大人になったあの子と焼肉に行って、お酒を飲んで、笑って、いい夜を過ごして別れたはずなのに、翌日あの子は失踪してしまった。だからきっと私は……死神に取り憑かれているんだと思います」

「そんな……」

「勿論そんな非科学的なことを本当に考えているわけではありませんが、私はそういう……巡り合わせの悪い男なんです。だから……高柳のことも特別お話しできるようなことはないんですよ」

コーチは静かに、淡々と話した。そこに嘘があるようには思えなかった。

とはいえ、その顔には後悔や痛みがありありと見える。

「なんでもいいんです。特別じゃないことでも。何を話したか覚えていらっしゃいますか?」

その表情を見逃さずに、それまで黙っていた千歳君が言った。

「お互いの近況報告だとか、小学校の頃の話だとか……。年賀状なんかでやりとりはあったにせよ、あの子と顔を合わせて話したのは中学生以来で。久しぶりに会った教師と生徒が話すような、ごく普通の会話だったと思いますが……」

そう言いかけて、コーチは少し思案するように黙った。

「とはいえ本当に久しぶりだったので……その会話があの子の『普段通り』だったかどうかはわからない」と、彼は言った。

「過去と比べた違和感とかもありませんでしたか？ 感覚的なことでいいんです。どんな小さなことでも。思い出してもらうのは、久保木先生にも辛いことだとは思うんですが」

「………」

千歳君の質問に、コーチは少し困ったようにしていたが、やがて俯いた。

「しいて言うなら、昔よりも明るくなったと感じたよ。昔から愛想の悪い子ではなかったけれど、更に人当たりが良くなったというか」

そう言ってから、コーチはまた黙って、珈琲を数口飲む。

店内に響く笑い声や弾む声――誰もが楽しそうに聞こえる。

彼はまるでその中に存在するはずのない高柳さんの声を探すように、しばらく目を閉じていた。

「どうして、最期に先生に会いに来たと思いますか？」

　そんな沈黙に耐えかねたように、千歳君はグラスの中のソーダ水を一気に飲み干した後に聞いた。

「わからない……でも急に『久しぶりに、先生と話がしたくて』なんて連絡があった時点で、変だと気づくべきだったかもしれないな」

　久保木コーチがかすれた声で答えた。

「何かを聞いて欲しくて、私に助けを求めて来たはずだったのに。私はただ昔の話や、他愛ない話をするだけで、あの子を帰してしまった」

　息抜きに来たんだろうな？　くらいに、安易に考えていた。

「松本のことも、本当は気にしていたと思うんですが、その時は話題に上らなくて。今思えば意識的に避けていたのかもしれない。あの子は嫉妬をするような子じゃないと思って――いや、そう思いたくて、私も話題にしなかった」

「それは仕方ないですよ。話題にしたら、彼が傷つくかもしれないと、先生だって思われたでしょうから」

「ああ……そうだね。あの子が万が一、傷ついたら可哀想だと――」

　ぽつりぽつり、コーチが答えるのを聞きながら、千歳君はポケットから鎖のない懐中時計を取り出した。

　古くてピカピカの懐中時計を。

「やっぱり私は、あの子のシグナルに気づいてやれなかったんだな……」

コーチが溜息を吐き出した。

「だからって、先生は悪くないんじゃないですか。ずっと会ってなかったんでしょう？　自分で死んでしまったなら、その理由はもっと身近な所にあったと思いますよ」

「医学生として頑張っていた矢先だったと聞きました。恋人や両親との仲が悪かったわけでもなく、大きなトラブルを抱えていたわけでもなく、順風満帆のように見えたあの子に、いったい何があったのか……」

「松本さんも高柳さんが亡くなられたことを随分悔いていたように思います。何もしてあげられなかったと」

「それはそうでしょう……松本も随分消沈していましたね」

共に同じ夢を志(こころざ)していた親友が、その夢を自分一人だけが叶えた後に死んでしまったのだから、彼が責任を感じないとは思えない。

「本当に二人とも良い子達だったんですよ……こんなことになってしまうなんて……」

コーチがテーブルに肘を置き、頰杖を突くように顔を覆った。苦しげに言葉を吐き出すのを聞いて、私はここから逃げ出してしまいたいほどに胸が苦しかった。

でも千歳君は冷静に、コーチにあの懐中時計を見せた。

かち、こち、かち、こち。

単調なリズムで秒針を動かす古い時計だ。

「だったら、もし、戻れたらどうします？」

千歳君が言った。

「え？」

「そうだ――例えば、高柳さんと食事をした時、その別れ際に戻れたら、どうします？

もっとずっと昔でも良いです。二人が幼かった頃とか」

千歳君が時計の音とともに、ゆっくり優しい声で語りかけるのを聞きながら、コーチがぼんやりと答えた。

「それは……本当に戻れるのだとしたら……戻りたいですよ。今度こそあの子の痛みに向き合えるように……」

本当の意味で、あの子の話を聞き直したい。周囲に合わせて、本当の自分を押し殺し、どこか孤独感を抱えて生きていたような高柳さんの。

いつの間にかコーチの目は、千歳君の懐中時計の秒針に縛り付けられている。

「どこがいいです？　いつがいいですか。しっかりとその時間を思い浮かべることができますか？」

「それならやっぱりあの時ですよ。最期に会いに来てくれた時に。もっとあの子の本心に触れてあげるべきだったんです。私ならできたかもしれない、そう信じたからこそ、あの子は私に会いに来てくれたかもしれないんだ」

その答えを聞いて、千歳君が微かに口の端を持ち上げたのがわかった。

でも良かった。これで、私達はまた過去に渡れる。

千歳君は二人とも救うのは無理みたいに言ったけれど、コーチが過去をやり直して高柳さんに向き合ってくれたなら、もしかしたら――。

「――え？」

不意に千歳君が驚いたように瞬きをした。

「あの……この時計が、どうかしましたか？」

不思議そうにコーチも聞いてきた。

「あ……いえ……」

「千歳君？」

私も戸惑う中、千歳君はなぜだか時計をポケットに戻してしまった。

「あ、あの、それで……その、今日はお話を聞けて、良かったです」

「そうですか？　何かの力になれたようには思えないけれど……」

「いいえ、そんなことは――ただ、その高柳さんの恋人については、もう少し伺えたら嬉しいです」

何があったのかはわからないけれど、千歳君が急に別の方向に話の舵を切ったことだけはわかった。

コーチの顔に困惑が広がる。

「ああ……彼女のこと、ですか」

「あまり思い出したくない相手だっていうのはわかるんですけど……」

千歳君が申し訳なさそうに言うと、コーチは慌てて首を横に振った。

「そういう訳ではないですよ。確かにこうやって故郷を離れることにもなりましたが
――彼女も本当に可哀想な女性でね」

恋人の『晴花』さんはお葬式の時、高柳さんのお母さんからとても責められて可哀想だったと喫茶店でも、言われていた。

「だからといって、つきまといは許されることではないと思うんですが」

「そうなんですが……気持ちもわかるんです。特に高柳の母親に、身近にいた貴方がどうして何もわかってないんだ、貴方が要一を追い詰めたんじゃないかって、そう責められていたのは本当に可哀想だった」

何より最期に会っていたことで、私も似たようなことを周りから言われたこともあったので……とコーチは苦々しい口調で言った。

警察が話を聞きに来たりもしたと言うし、現に私達もこうやって彼に話を聞きに来ているのだ。彼女にまったく共感しない訳ではないという、彼の言葉は私にも苦かった。

「だからつきまといには本当に困りましたが、本人にしてみたら、高柳の死は覚えのないことなんでしょう。だったら最期に会った私が原因に違いないと、そう思い込んでしまったのもわかるんです。それに実際、私のせいかもしれない」

「本当に死神なんて――」

「わかっています。でも……あの子が私と会った翌日に死んでしまった現実は変えられないですから」

「………」

何を言って良いかわからなくて、私は下唇を嚙んだ。こんな風に恩師まで苦しめるのが、高柳さんの本意であり、復讐だったんだろうか？

「混んでいるせいか、なかなか商品が来ませんね。お会計は済ませておくので、二人でゆっくり食べて、気をつけてお帰りなさい」

千歳君の言葉も尽きてしまったので、コーチはそう言って伝票を手にした。

「あ、あの……他の方にも色々お話を聞いてみたいと思っているんですが、誰か松本選手や高柳さんと親密だった方は知りませんか？　その、ご家族というか……」

「松本はもともと母親が一人で育てていたんですが、もう何年も前に亡くなってしまいました。あの子は父親を知らされていなかったようですし、中学の頃に札幌に来たのも転勤ではなく、実際は母方の祖父母の介護のためだったらしいです」

祖父母ももう亡くなっていて、母方の親戚も親しくはない。そのため松本選手に身近な家族はいなかったそうだ。

「事故で動けなくなってからも、試合中の事故ということもあって、彼の力になっていたのはコーレのチームメートやスタッフのようでした。直接コーレに問い合わせてみる方が良いかと思います」

「なるほど……高柳さんの方も、ですよね？」

「そうですね。あの子も父親は亡くなり、母親も施設に入られたと聞きましたが、今はどこにいらっしゃるのか……」

「ですよね」

「それに……あとはもう、そっとしておいてやって欲しいと思います。松本の無念もわかりますが、もうあの子もいないんです。これ以上掘り下げても、辛い人が増えるばかりではないでしょうか」

その提案はもっともだと思ったけれど、千歳君は明言を避けるように、コーチに頭を下げただけだった。

彼にも千歳君の意志は伝わったんだろう。コーチは何も言わず、寂しげに頷いて席を離れ――離れようとして、またすぐに振り返った。

「ひとつお願いがあるんですが」

「はい？」

コーチが、千歳君ではなく私を見て言った。

「実は教師を辞めてから、作曲の仕事をしていて――関わったゲームが今、とても人気でね。ゲーム三周年イベントの一環で、モエレ沼公園でピアノコンサートをやるんです」

そう言って、彼はお財布からチケットを二枚取り出した。

『トライアングルファンタジー　三周年ピアノコンサート
歌：石山唯（シロネン）／愛理・ニコール（マヤウェル）／ピアノ：クボ キタロウ』

石版に彫られたような独特なロゴには、太陽のマークとピラミッド、そしてそれらに蛇が絡まっている。

「え⁉　久保木先生がトラファの曲を作曲したんですか⁉」

隣で驚きの声を上げたのは、千歳君だった。

トラファっていう名前は、私もどこかで聞いたことがある気がする。

「全部じゃないけど、メインテーマやキャラクター曲を何曲か」

「へえ！　すご！　マジですか！」

「知ってるゲームなの？　遊んでる？」

私は千歳君がゲームと聞いて、目をキラキラさせていることに少し驚いた。

「毎日やってる。重課金勢は異次元だけどさ、無課金勢も置いていかれないし、最近アニメにもなってたし。絵が綺麗で、音楽がめっちゃいい！　すげーいいんだよ！」

強めの圧で喜ぶ千歳君を見て、コーチも嬉しそうに微笑んだ。

「もし良かったら、二人で見に来てくれないかな」

「本当に⁉　やった！　絶対行きます！」

私が何か言う前に千歳君が返事をしてしまったので、私は苦笑いしつつ「行きます」と頷いた。

「あ、でも……そんな風に人前に出て大丈夫ですか？　晴花さんにもし知られたら……」

「人気声優も来ますし、当日のセキュリティには問題ないと思います――それにどちらにせよ、私の蠟燭の火も、もう尽きかけているんです」

「え？」

「病気が再発しましてね。前回は治療できたけれど、それも辛いものだったし……今回はもう、このまま逝こうと思っています。せめて終わり方ぐらいは、僕も自分で決めたい」

「そ、そんな」

医師の告げた余命は半年から一年。せめてこの時間は好きに生きようかと思っているんですと彼は締めくくり、席を離れていった。

その背中を追いかけて何か声をかけたかったけれど、言葉を探しているうちに彼の姿が見えなくなって、ちょうど頼んでいたパフェも席に届いてしまった。

それに千歳君に聞きたいことがある。

「いったいどうしたの？　久保木コーチを、過去に連れて行くんだと思ったのに」

周囲を軽く見回してから、私はひそひそ声で言った。

「そのつもりだったけど、できなかった」

千歳君が向かいの席に移動しながら答えた。

「え？」

「暗示にはかかってた。普通なら飛べたはずなのに、肝心の風が吹かなかったんだから仕方ないだろ」

「風……」

つまり過去に飛べなかったということだろうか。

「俺かお前か、珈琲屋か、それとも俺達の知らないどこかの時守か、これから生まれるヤツかどうかもわかんねぇけど。とにかくあの人の過去は下手に動かすと、この世に生まれなくなる時守がいるんだと思う」

「あ……」

時守自身が自分の過去に戻ることができないのと同じだ。時守は自分たちの存在に関わる人の過去には飛べない――たとえば、自分や千歳君の両親だとか。

久保木コーチも、そんな風に時守に関わる人なんだ。だったら自分に死神が取り憑いているだなんて、不可思議な言葉も、なんとなく真実味が増してくる。

「だから、あの人はダメだ。他の人を探さなきゃ」

また、振り出しだ。千歳君がティラミスパフェをつつきながら、溜息を洩らした。

「………」

でも私の心は、少し別の所にあった。

「岬？」

「もしかしたら私かも……」

「私？」

「うん……コーチにはああ言ったけど、『茉莉』さんって名前、聞いたことがある気がして」

「同じ帯広出身の人だし、お前の関係者だっていう可能性はあるな」

もしかしたら親戚だとか、もっと近い人なのかもしれない。お祖母ちゃんの家の仏壇やお墓で、その名前を見た気がするから。

「でも……そうだとしたら、そんな風に偶然が重なるの、なんだか気持ち悪い。そもそも松本さんや高柳さんだって、私と同じ小学校だなんて……」

私がぽつりと呟くと、千歳君は「そうだなあ」と相槌を打った。

「偶然じゃなくて、干渉し合って呼び合ってるのかもよ。時々そういうことがあるって言ったろ？　未来が変わってても、かならず出会うヤツがいたりとか」

パフェがとけるぞと急かすように、カトラリーケースから長めのスプーンをとり、私に差し出しながら彼は言った。

「過去を変えた後に、偶然モエレで月子ちゃんに会ったみたいに？」

「うん。物語の本筋みたいに、その一本の時間の形に、結びつこうとする変な力が働く時がある。それは感じる。どこに向かってるのかまではわかんないけど」

「そっか……」

だとすれば、彼らはみんな、私の人生にとって重要な人達ということだろうか。

「とりあえず、ここでぐだぐだ言ってても始まらないし、次の方法を考えよう。コーレと連絡が付きゃいいけど、さすがに無理な気がするし、他に誰か探してみるしかないと思う」

「うん……ごめんね、せっかくここまで付き合ってくれたのに」

のろのろとベリーパフェに手を伸ばしながら、こみ上げてきた罪悪感を口にした。

「そう簡単に他人の過去が変えられるかよ。それに付き合ってくれてるとか、変な恩みたいなのは感じないでいい。こういうことはお互いチャラにしようぜって言ったろ」

「そうだけど……」

「俺の時に、お前が手助けしてくれたらいいだけだ」

「うん。わかってる。でも、千歳君がいなかったら私、きっと一人でぐずぐず悩んでるだけだったと思うの。だからずっと、千歳君にはすごくすごく感謝してる」

「……そっか」

彼は少し頬を赤く染め、そっぽを向いた。

「まあいいや。なんとかしないと、この前の出費も取り返せないし、プランBを考えようぜ」

「うん。そうだね！　確かに！」

私もパンを買ったり、それなりに出費をしてしまった。微々たるお金のことを、高柳さん達の命と秤にかけるのはよくないけれど、そういうのも全部ひっくるめて、私達は過去を変えなきゃいけないんだ。

私はまず、『茉莉』さんを知ることだ。

パフェを食べた後、私達はすぐに解散し、それぞれのやるべきことへ向き合った。

8

家に帰ると、お母さんもちょうど夕飯の買い出しから戻ってきた所だったようで、私は保冷バッグから食材を取り出し、冷蔵庫にしまう作業を手伝った。

具材は鶏肉や、にんじん、じゃがいも——そしてカレールー。

「たまには何か手伝おうか？」

「いいわ。今日はカレーだから」

「だったらタマネギ切るくらい手伝うよ」

「いいのよ。貴方は勉強かピアノの方が大事でしょ」

「でも私、もう中学生なんだから、カレーくらいは作れると思うの」

「いいから、自分のことをしてらっしゃい」

お母さんは、断固として私にキッチンを使われたくないみたいだ。私は仕方なく頷いて、キッチンを後にした。

本当はお母さんと話したかったのだけれど、そういう雰囲気ではなくて、私は部屋に戻った。

それから三十分ほどして、遊びに行っていた菜乃花（なのか）の帰ってきた音が玄関からしたので、私は階段の踊り場で待ち構えた。

「おかえり」

「ひっ……た、ただいま」

私に驚いて、菜乃花がのけぞる。

「……な、なんなの？　いったい。気持ち悪いな」

「ねえ、ちょっといい？」

「は？」

「聞いてほしいことがあるの」

菜乃花は相変わらずそっけない態度で私をかわそうとしたけれど、私が真剣な顔で菜乃花を追いかけたので、彼女は諦めたように溜息をついた。

「じゃあ、どうぞ？」

菜乃花はドアを開けて、私を自分の部屋に誘った。

私は秘蔵のきのこの山を手に、菜乃花の部屋にお邪魔することにした。

「菜乃花の部屋、はじめてかも」

「かもね」

部屋は全体的に水色や青と白で構成されていた。寒色なのがツンツンな彼女らしい。昔から活発だった菜乃花は、ピンクでフリフリの可愛らしいものにそんなに喜んでいなかったようだし、遊ぶのも男の子とばっかりだった。

私はそういう自由な菜乃花の性格がうらやましいと思っていた。

勉強机の椅子にひっかけられた、シンプルな紺色のリュックも菜乃花らしい。

北海道ではたいてい小学三年生の頃には、ランドセルを背負うのをやめ、もっと軽くて使いやすいリュックサックを背負うようになる。

低学年の頃の水色の可愛らしいランドセルも素敵だったけれど、かっこいいのが菜乃花って感じがする。

「それで？」

菜乃花が壁により掛かるようにベッドの端に座り、膝を抱えて言った。

私はお菓子を真ん中において、ずっと昔から菜乃花の部屋にいる、傾けるとなぜだかグモーと鳴く、馬のぬいぐるみを手にして、「あのね」と切り出した。

「菜乃は『茉莉』さんって人知ってる？」

「…………」

途端に菜乃花の顔がくしゃっと歪んだ。

「……なんで？　誰かに何か言われた？」

「誰かって……なんていうか……私に似てる人を知ってるって人に会ったの。岬茉莉って人らしいんだけど、もう亡くなった人だって」

　菜乃花はこれでもかというほど険しい顔でお菓子を口に放り込み、大きな溜息をついた。

「……それ、お母さんには言わない方が良いよ」

「あ……やっぱり、そうなんだ」

　私もなんとなく、そんな気がしていたのだ。カレー作りの手伝いを断られて、良かったのかもしれない。

「わかんないけど多分……伯母さん……お母さんのお姉さんのことかも」

「もう、亡くなってるのよね？」

「うん。随分前に……二十歳ちょっとで事故に遭ったって聞いた。お祖母ちゃんの家のあのピアノも、元々は茉莉伯母さんのものだったはずだよ。伯母さんも子供の頃からとってもピアノが上手で、お祖母ちゃんの自慢の娘だったんだと思う」

　確かに、お祖母ちゃんの家でピアノを弾ける人は一人もいなかったのに、どうしてピアノが置いてあるのか少し不思議だった。私がはじめてピアノを弾いた時も、まったく調律されてなくて、今思えば結構酷い音だったと思う。

　それでもすぐにピアノの先生が見つかったり、色々なことがトントン拍子に進んだのは、私の前に『ピアノの天才』がいたからだったのか。

それまでぼんやりと感じていた違和感が、急にストンと腑に落ちた気がする。

「お祖母ちゃんもお母さんも、その話はまったくしたがらなかったから、陽葵ちゃんは知らないと思うけど、お祖父ちゃんは少し心配してたんだよ」

そう言って、菜乃花は死んだお祖父ちゃんから断片的に聞かされていたことを、パズルのピースをかき集めるようにして、私に話してくれた。『茉莉』さんのことを――そしてお母さんのことを。

お祖母ちゃんは、茉莉さんをとても可愛がっていた。お祖父ちゃんの話では「茉莉は誰からも好かれる気立ての良い子だった」そうだ。

頭も良くて、性格も良い、可愛らしい人だったらしい。

まさに茉莉さんは、一家の自慢の娘だったのだ――妹の存在がまったくかすんでしまうほどに。

でも彼女はあまりにも突然に亡くなってしまった。友人と出かけた帰り道に事故に遭ったのだ。

彼女が自分から飛び込んだという人もいたけれど、本当のところは結局わからないままだった。

どちらにせよ、一家が深い悲しみに包まれてしまったことには変わらなかった。

特にお祖母ちゃんの悲しみは深すぎて、周囲が心配するほどだったらしい。

何年経っても癒えないその悲しみを払ったのが、私の存在だったのだ。

わかっている。お祖母ちゃんが私を猫可愛がりしていたことは。

絶対に一人では外にも出さず、小学校の行き帰りも必ず途中まで付き添ってくれた。

きっとそれは、私が事故に遭わないためだったんだろう。

そしてそれまでお姉さんの陰で、期待されていなかったお母さんにとって、私の存在はお祖母ちゃんに褒められる、唯一の方法だったのだろうと、菜乃花は大人びた顔で言った。

「人間っておかしいね。お母さんは自分が辛かったはずなのに、同じことを娘にするの」

「同じこと？」

「そ。それが私。出来の悪い、期待されていない方」

菜乃花が澄ました表情のまま言って、私の膝から馬のぬいぐるみを取り上げた。

「ぬいぐるみだって声を出せるのにね」

馬のぬいぐるみは、まるで菜乃花に答えるようにグモーとまた鳴いた。

「出来が悪いなんて、そんなことないよ。菜乃は私よりずっとしっかりしてるのに」

むしろピアノ以外何もできなかったのは私の方だ。

「そんなの言われなくてもわかってる」

菜乃花はさも当たり前だという風に、気丈に言った。

「それに、陽葵ちゃんだって陽葵ちゃんだよ。伯母さんに似てるとか、全然関係ないから」

それればかりか、そんな風に私のことまで心配してくれた菜乃花に、私はとても嬉しくなって、お菓子の箱をまるごと押しやった。

「でもお母さんにとっては、今でも陽葵ちゃんが誰かに認められることが、イコール自分を褒められることなんだと思う。茉莉伯母さんの名前は、絶対にお母さんの前で出さない方がいいよ。いいことにはならないから」

ひょい、と小さなチョコのきのこを口に放り込んで菜乃花が言う。

私は頷いた。そもそも私は私、菜乃花は菜乃花、お母さんはお母さんで、他の誰でもありはしない。それは当然のことであるはずなのに、胸がぎゅっと締め付けられる。

「私もちゃんと、菜乃花が菜乃花なの、わかってるから」

「だから、そんなの当たり前だって言ってるでしょ」

「うん。でも……菜乃花は私のたった一人の妹だし、大切な家族だから、お祖父ちゃんやお父さんがいなくても、私はその分ちゃんと菜乃花のこと、大切にするからね。二人の分と私の分、三人分だからね」

「だから、気持ち悪いって言ってるでしょ⁉　何言ってんのよ、用が済んだらさっさと出てってよ！」

素直に本心を伝えたつもりだったのに、菜乃花はかっと顔を真っ赤にして怒りだしてしまったので、私は慌てて部屋から退散した。

「茉莉伯母さん、か」

部屋に戻り、自分のベッドに転がって、白い天井を見ながらその名前を反芻する。

きっと茉莉伯母さんは、久保木コーチにとって特別な人だったんだ。

もし二人が結婚していたら——そうしたら、お母さんの未来も変わってしまって、私は生まれなくなるのかもしれない。

久保木コーチの過去に渡れない理由はこれだろう。けれどそれはそれ、私はなんとかして高柳さんと松本さんを救いたい。救わなきゃいけないんだ。

でも答えは見つからない。新しい道筋は見えてこない。このままじゃ、二人だけじゃなく、久保木コーチも死んでしまうことになるだろう。

「……アイスカフェラテ、飲みたいな」

真っ白い天井を眺めている内に、ふわっと白く泡立ったミルクを思い出した。

甘くて優しくてほろ苦い、あの夕セットの味が恋しい。

どうして世の中はこんなに、悲しいことばかりで溢れているんだろう。

寂しさから身を守るように、体を縮こまらせ寝返りを打った。いつの間にか流れていたらしい涙が伝って、枕にぽつんと淡い染みを残す。

自分が泣いているとわかると、今度は次々涙が湧き出して止まらなかった。

お祖母ちゃんはいつでも私に優しかった。優しすぎるとは感じていたけれど、きっと私のことが大好きなんだって単純に思ってた――でも、そうじゃなかったんだろうか。私は伯母さんのかわりで、お母さんが私のピアノを褒めてくれたのも、本当は私じゃなく伯母さんの存在があったからだったなんて、考えるだけで寂しい。

私はずっと、誰かの代わりだったなんて。

だとしてももう、伯母さんはこの世にいない。

生きているのは私の方だ。私は私だ。

まだ渡せていない、月子ちゃんへのお土産のマスキングテープ。

それをぎゅっと握りしめて、私は彼女にメールを送った。帯広に行ってお土産を買ったから、明日渡したいと伝えると、彼女は喜びを伝えるために、たっくさん可愛いスタンプを送ってよこした。

――大丈夫。私は私。

悩む必要なんてない。私は私、私なんだから。

9

ささやかなマスキングテープを、ものすごく喜んでくれた月子ちゃんの笑顔に背中を押されるように、翌日の放課後、私は勇気を振り絞ってタセットに向かった。

怒られるかもしれないし、また帰されるかもしれないけれど、それでも二人が、モカが、あの珈琲の味が恋しかった。

だけど暑い中自転車を漕いでたどり着いたタセットにはお休みの看板が出ていた。

「やってないんだ……」

タセットに定休日らしい定休日はない。もしかしたら私が来ることを予測して、店を閉めてしまったんじゃないか？　なんて、おかしな邪推までしてしまう。

でもやってないんだからしょうがない。

すごすごと自転車置き場に戻ろうとすると、不意に背後から声をかけられた。

「あら、どうしたの？」

「あ……」

それは時花さんだった。

普段とは違うガーデニング用のエプロンに、日よけ帽、肘まで覆う手袋に、右手には、先端が二股になった随分細身のスコップ――多分雑草抜き用だ。

「今日、お休みなんですね」

「日暮君、今日はモカをつれて介護施設とか回ってるの。月に一度のボランティアね。私は一日庭のお手入れよ。最近庭の雑草が大変なことになってるし、いっそお休みにしちゃった」

そこまで言うと、時花さんは私に雑草抜きを手渡してきた。

「それにしても……しばらく来たらダメっていったのに、いけない子ね」

ふふ、と笑って時花さんが言った。怒っているわけではなさそうだ。私は彼女に言われるまま、腕まくりをして雑草抜きを手伝いはじめた。

「しばらくって……どのくらい？　私が大人になるまで？」

「うーん……じゃああと二センチ背が伸びたらかな」

「……時花さんのいじわる」

「大丈夫。そのくらい、貴方ならすぐ伸びるわよ」

時花さんはなんてことないように言ったけれど、私はまったくそんな気がしなかったので、長い溜息を洩らした。

そうして、そのまま二人でしばらく、無心で庭の雑草を抜いた。暑い日だけれど、日陰を通り抜けていく風は気持ちが良い。

「……松本さんも、高柳さんも、助けられそうな人が見つからないの」

頬をくすぐる風に目を細めて、私は言った。

「そうでしょうね……仕方ないわ。私達は神様じゃないから」

さくさくと地面を掘り返しながら、時花さんは私を見ることもなく答える。

「私達にしか助けられないのに……」

「それでも、それも彼らの人生なのよ」

「関わったからには、出会ったからには、私の人生でもあると思います」

「そうね……人はそうね、誰しも」

そこまで言うと彼女は立ち上がり、すっかり怠くて重くなった腰をまっすぐにするように、「うーん」とのびをした。

「でもね陽葵ちゃん、私達は本当は、いつでも『今』にいる。『今』に後ろはないのよ」

「今だけ……？」

「ええ。誰もがみんな今を生きて、前に進むの。それは時守も、そうじゃない人達も、本当はなんにも変わらないのよ」

「私達も？　でも……」

「関係ないわ。過去も未来も関係なく、私達は近くにいる人、大切に思う人、そして自分自身をを幸せにする方法だけを考えた方が良いわ。だってこれは変えられない、一度きりの貴方の人生なんですもの」

「…………」

時花さんは手袋を脱ぐと、少し汗ばんだ手で、私の両頬を包み込んだ。

まっすぐ見つめる時花さんの両目に、私の困った顔が映っている。

「時間はたくさんあるわ。でも今こうやって、身長一五三センチの貴方が私を見ているこの瞬間は一度きり。時間は溢れる水のように流れていくけれど、一瞬の集合体。一滴一滴の時間なの」

「一滴の時間……」

時花さんの時間はやっぱり液体だ。血のような。不意にこの温かい手の内側に、時間が流れているのかもしれないと思った。そんな気がした。

「過去に飛ぶことだけが、未来を変える方法ではないのよ。人は誰でも今を生きている。それは私達も同じ。一番大事な時間が『今』だってことを忘れちゃダメなのよ」

時花さんの言葉は時々抽象的すぎて難しい。

だけど、この私を包む温かい手は、まさに『今』で、私は『今』時花さんと同じ時間を過ごしているのだと思った。

こうやって一緒に庭の雑草を抜いていること、この時間もすぐに『過去』になってしまうけれど、私は『今』、時花さんと話すためにここに来ている。

何かを変える方法が知りたくて。

二人を救う方法が知りたくて。

でも……それだけでいいんだろうか？

「未来を変えるために『今』を生きる。過去と未来の狭間に存在する私達時守こそが、この一瞬一瞬の重さを忘れないで」

時花さんはそのまま私の肩に腕を回し、私を優しく抱きしめて言った。

悲しい人生を送ってしまった、優しい人が二人いる。

私はその人達を救いたいばっかりに、私の周りの大切なことを、いくつもほっぽり出している気がする。

ない。

人助けは良いことだ。

でも私の人生は私のもの。誰かを救うことで、私の人生が何もかも許されるわけじゃない。

少なくとも、二人を追おうとしている優しくて悲しい人がもう一人いるのに、そこから目を背けたままでいるのは違う。

そして、私の家のことも。

「……わかった」

そう答えると、「うん」と言って時花さんは腕を解き、そうして汗でおでこに張り付いた、私の前髪を指で整えて微笑んだ。

「じゃああと一センチかな」

「一センチ？」

「うん。あなたの前髪があと一センチ伸びたら、またいらっしゃい」

10

時花さんに見送られてタセットの自転車置き場を出ると、私は近くのコンビニに立ち寄り、すぐに久保木コーチにメールをした。

今すぐ会って話したいという無理なお願いだったけれど、彼はダメとは言わなかった。

　私達は新道沿いのファミレスで待ち合わせた。今日はコーチの方が先にお店に着いていた。

「チームに連絡はとれたかい？」

「いえ……」

　席に着くなり彼は言った。

「ただ……『岬茉莉』は、私の伯母です」

「………」

　単刀直入に言った。コーチはすぐには返事をしなかった。

「彼女は母の姉でした。家族はそれが悲しすぎたのか、まったく話題にしていなくて、名前を聞いてもすぐにはわからなかったんですけど……」

「そうか……」

「会ったことはありません。でもピアノは伯母のお下がりでした」

「そうだろうね、君が生まれる前に亡くなったんだ」

「はい。その伯母のピアノがきっかけで、私もピアノを弾くようになったんです」

　そんな私の告白に、コーチは眼鏡を外すと、少し目元を押さえた。

「『陽葵』という名前は、父がつけたって聞いてますけど、きっと伯母のことがあるから、母は従ったんだと思います――音が似ていますから。母や祖母にとって大切な人だったんでしょう」

「……彼女はとても魅力的だったから」

「そう聞いています」

泣いてしまうんじゃないかと心配したけれど、久保木コーチがそっと私に微笑んだので、私も口角が上がった。

「ああ……やっぱり顔立ちは君に似ているよ。笑うとそっくりだ。君のショパンは、彼女よりずっとストイックだったけど」

「ふふふ、私は情感や色彩が足りなすぎるって」

ピアノのことは決して褒められた訳ではないけれど、魅力的な人と似ていると言われるのは、悪い気はしない。自嘲(じちょう)気味な言葉を返しはしたものの、私は卑屈に拗ねたわけではなかった。

一年前だったら、自分で言って自分で傷ついていたかもしれないのに。

その時、久保木コーチの頼んでいた珈琲を店員さんが運んできた、彼は何か頼むかい？　と私を促した。

「茉莉ちゃんは普段そんなに甘い物は食べない人だったけど、なぜだかパフェが大好きだったんだ。苺のね。こんなに可愛くて美味しい食べ物は、他にないって」

「私も好きです。パフェも苺も」

苺そのものが可愛いし、白と赤とピンク色だったりして、苺パフェはもっと可愛い。

久保木コーチは嬉しそうに笑うと、「じゃあ頼もう」と言って、また私にパフェを頼んでくれた。

久保木コーチと向き合った私は、不思議な感覚に浸っていた。

もし伯母が亡くなっていなかったら、私はこの人の娘だったんだろうか、なんて奇妙な考えが頭を過る。お父さんやお母さんにはない『何か』を、彼から感じるから。

そのまま少しの間、私はコーチから見知らぬ伯母のことを聞いた。酔っ払うと決まって、ラヴェルのボレロを歌い出してしまうこと。ラフマニノフのイタリアン・ポルカが大好きで、一緒に弾こうと誘っておいて、連弾の途中で必ず楽しくなって、けらけら笑い出してしまうこと。

話を聞けば聞くほど、彼女のことが好きになった。本当に朗(ほが)らかでチャーミングな人だったんだということがわかる。

「そんな素敵な人だったなら、私も会ってみたかった」

「そうだね……でも今思うと、彼女のまなざしは高柳に似ていたんだ」

「え？」

不意にコーチは私から目を背け、遠くを見た。

「この所夢に見るんだよ。茉莉ちゃんも、高柳も、どこか似ているところがあった」

「…………」

「二人とも天才肌だったからね。僕とは違う色や音で世界を見ていたんじゃないかって思うんだ……」

「なんとなく、わかります」

そうだ。例えば雨の中に咲くひまわりを、可哀想だと憂うように。

「思えばこの世の中は、彼らには生きにくい場所だったのかもしれない——そして音楽家としては、少しうらやましくもある。彼らの心の欠片が僕にもあったなら、もっと良い曲を書けたと思うからね」

「それも、わかります」

私が苦笑いすると、彼も笑った。

「……でも、この世界を孤独と思い悩むより、平凡に生きる方がずっといいのかもしれないね。寂しいよりずっといい」

そう呟くように言った久保木コーチは、言葉と裏腹にとても寂しそうだった。

「……コーチも寂しいから、治療をされないんですか？」

だから我慢できずにそう聞いた。踏み込みすぎだって思ってはいたけれど。

「もう大切な人を失って苦しむことも、苦しむ人を見るのも辛いからね……もう、十分だと思っている。もしかしたら君も、私にはあまり関わらない方が良いのかもしれないよ」

時守という不思議な存在があるのだから、もしかしたら死神もいるのかもしれない。

でもいるなんて思いたくなくて、かぶりを振った。

「私は……私は平気ですよ、きっと。もう一回、死んじゃいそうな目に遭ってるから」

「ああ……そうだったね。可哀想に怪我をしてピアノを諦めたんだったね」

痛ましそうに言われると、傷がまた痛んだ気がした。私は左の拳をぎゅっと握りしめて、そしてそっと開いた――大丈夫、もう痛くなんかないんだ。

「私……思うんです」

「うん？」

「伯母さんと高柳さんの死は本当に貴方のせいなんかじゃなくて、ただその瞬間二人には、それしか思いつかなかったんだと思います。そして……そしてコーチは死神なんかじゃなくて、死神になりたいだけなんじゃないですか？」

「え？」

コーチが驚いたように瞬きをした。

「二人が自分に何も言わずに逝くはずないって……コーチはただ自分を特別な存在にするために、二人の死を自分のせいにしたいんです」

「だけど私は」

「だからコーチは死神なんかじゃなく、二人に利用されたただの可哀想な一人なんです」

「……なんだって⁉」

コーチが怒ったように身を乗り出した。でも私は怯まなかった。

「本当のことです。それともコーチの足下で、私が『アジャラカモクレンテケレッツのパー』って言ってあげたら良いですか？」

「そ……そんな……随分な言い方をするじゃないか……」

わなわなと怒りに肩を震わせたコーチを見て、我ながら酷いことを言っていると思った。松本さんの死は悲しい偶然だったと思う。でも……高柳さんと、そしてきっと伯母さんも違う。

「酷いのは二人なんです。ずるくて自分勝手なんですよ。貴方にそんな責任を負わせて死んじゃったなんて。誰だって大事なことは言わなきゃわかんないのに」

「仕方ないよ、彼らは言えなかったんだ」

コーチは必死に抑えようとしているように見えるけれど、その声は荒い。それだけ二人のことが好きだったんだろう。

「言えなかった二人の気持ちもわかります。私もどうしてわかってくれないんだろうって思ってたから……だけど本当の気持ちなんて、ちゃんと口にしなきゃわかんないです」

そうしてその気持ちを、きちんと誰かに打ち明けられる人達だったら、きっとあの日、彼の見たひまわりは可哀想には見えなかった。

「家族にだってわかんない。傷ついてる時、辛い時、誰かに優しくしてもらいたい時、このくらい言わないでもわかってよ！　って思っちゃうけれど。でもたとえどんなに素敵な音楽だって、弾かないと、奏でないと、相手には聞こえない」

心の形に決まった譜面はない。自分の中に似たような旋律を探すことはできても、一人一人違う音があるんだ。

それなのに『私が好きならわかって当たり前』だなんて、そんなの、わがままにも程がある。

「だからコーチがわからなくて当たり前です。そして伯母さんも、高柳さんも、その一番大切で当たり前のことに気がついてなかったんです。言えばわかってくれる人達は、本当はちゃんと近くにいたのに」

「ああ……そうだね……本当にそうだ」

コーチがかすれた声で頷いた。

「自分に孤独の呪いをかけて、歌いもしない音色を、聞いてもらえないと拗ねてしまって。この世界で私だけが正しいのだと思い込んで。自分で耳を塞いでしまったら、もうなんにも聞こえないのに。だから私は、二人の選んだ最期は、絶対に間違いだったと思います」

弱さを間違いだと思いたくはない。

迷う心を過ちだなんて言いたくない。

脆くて儚い優しいもの達を、否定してしまう人間になんてなりたくはないけれど。

それでも周りの音を聞かないで、周りに聞かせることもしないで、自分を包んでくれる柔らかくて優しい人達を、内側から引き裂いて死んでしまった二人を、私は絶対に認めたくなかった。

「コーチ……私も自分を不幸だって呪うのは、もうやめにしたんです。私の過去はどんなに頑張ってもやり直せないし、弾こうと思ったら右手だけでだってピアノは弾ける。それ以外にやりたいこともいっぱいあるから。だから」

私はとん、とテーブルに両手を突いて身を乗り出した。

あの日傷ついた左手と無事だった右手は、ちゃんと私を支えてくれた。

「だから……コーチも、これで終わりなんて言わないでください。貴方は死神じゃないし、まだ治療をすれば治る可能性があるなら、諦めてしまわないで」

一人で戦うのが寂しくて辛いなら、私が側にいてもいい。

本当に死神が側にいるなら、何度だって呪文を唱えて、追い返してあげるから。

「……私もトラファ、あの後すぐDLしたんですよ。ホーム画面の曲も好きだけど、私、ヒロインが旅立ちを決めるシーンの曲、少し寂しくて、でも奮い立つようで、すごい好きです」

「ああ……『青い麦の少女、シロネンの序曲(オーバーチュア)』だね、私もとても気に入っているんだ」

「本当に素敵な曲ばっかりでした。コーチがいなくなったら、トラファのメーカーも、ユーザーさん達も困っちゃいますよ」

千歳君なんて、私がどんなに友達になってって言っても嫌がるくせに、トラファをはじめたって教えたら、即フレンド申請してきたんだから。

ゲームはコミュニケーションツールの一つだ。

コーチの曲が繋いでいる絆がたくさんある。そんな人が、いったいどうして死神だなんて言うのだろうか。

そうやって説得する私の話を、コーチは険しい顔で聞いていたけれど、その仮面はすぐに剝がれた。

「……困ったな、茉莉ちゃんに似た君に言われると、素直に頷いてしまいそうになるよ」

コーチが本当に困ったように、力なく笑う。泣きそうな顔で。

誰かの身代わりみたいな人生なんて嫌だ。だけど今この時は、伯母さんに似ていて良かったと思った。

「じゃあきっと伯母さんが私にここに来るように、貴方は死神なんかじゃないって、そう伝えるように天国から囁いていたのかも」

そうであってほしい。やっぱり私は伯母さんや高柳さんを悪者にしたくなかった。二人を好きでいたかった。

コーチに悲しみを押し付けたまま消えてしまうような、そんな人にしたくなかったんだ。

「だからコーチも生きてください。ちゃんと『今』を。二人の分まで」

時花さんが教えてくれた。時間は一滴一滴の塊だって。

楽譜の音符と時間は、いつでも前に進んでいく。

『今』は次の瞬間には『過去』になる。

上手くいかなかったら、過去に飛べば良いって思ってた。その方法を探せば良いんだって。やり直せばいいんだって。

でも本当はそうじゃない。それじゃあダメなんだ。

「このままコーチが亡くなってしまったら、私、すごく悲しいです」

何もしないで見送ってしまった自分を、きっと後悔して責めるだろう。

病気と闘うことは容易じゃないこともわかってる。でも過去に囚(とら)われて、自分に私は死神だなんて呪いをかけないで。

必死に頭を下げてコーチにお願いすると、彼はテーブルの上の包帯に包まれた私の左手に右手を重ね、静かに頷いた。

11

伯母さんの大好きだった苺パフェを食べ終え、お店を出た。

「気をつけて」

コーチに見送られながら自転車のスタンドを蹴っ飛ばすと、ラの音がした。

「一番最初、Aの音ですね」

何気なく言ったつもりが、コーチはとても神妙な顔で頷いた。

コーチにとっても、改めて最初の音になっていたならいいって思った。

治療をするかどうかは、彼は結局何も言ってくれなかった。これ以上は他人の私が口を出していいことでもないと思う。

ちゃんと気持ちは伝えた。死神を追い払えたかどうかまではわからないけれど。

これはただの自己満足で、コーチを悩ませてしまっただけかもしれない。そんな罪悪感や不安もあった。

それでも、伝えたかったのだ。

伯母に似ていると言ってもらえた私にだけ届けられる、彼への言葉を。


今を大事にしなきゃいけないということに気が付いた私だったけれど、だからって過去を諦めるわけにはいかなかった。

松本さんと高柳さんが救われる過去を探すため、私と千歳君は連日話し合った。

あっという間にもう金曜日。

私達は放課後、また美香保公園で、

「コーレからやっと返信来たけど、いままで松本選手を応援してくれてありがとう、みたいな内容。定型文って感じだな。取り合ってくれてないと思う」

ファンから届いた、たくさんの追悼メールの一つとしか捉えられていないだろう。ちゃんと読んでもらえているかも怪しいくらいだ。

「後は……誰だろうな、過去に遡れるくらい、二人について後悔を抱えている人」

「……晴花さんとか？」

気乗りはしないけれど、ストーカー化するほど執着しているなら、可能性はあると思う。

千歳君が「うーん」と唸った。

「それはさすがに反対だな。危険な人だと困る」

「やっぱ、そうだよね」

「追い詰められちゃった人なんだとは思うよ。一番辛いときに、その責任を押し付けられ、責められて、可哀想だったとは思う。だからって他の人につきまとったりするのは違うだろ」

たとえ理由があっても、そういう加害性がある人に近づくのは危険だと、千歳君は言った。私もそう思う。

「こっちもこっちで心配だけど、高柳さんの母親を探してみた方がいいかもな。あとはもしかしたら松本さんが入院していた病院の関係者とか。他の患者との交流は少ないだろうけど、その分親しくなった医療スタッフとかはいると思うんだ」

「そりゃそうだよね」

問題は、その人をどうやって探して、どんな風に接触するかだ。

小さな病院ならともかく、大きな病院から当てはまる人を探すのは簡単なことではないだろう。

二人揃って、思わずついた溜息がハモってしまった。

「とりあえず、この調子だと夏休み突入だな」

千歳君が呟いた。

「千歳君、夏休みは何か予定あるの？」

「俺、長い休みは、たいてい苫小牧（とまこまい）の親戚の家に行くんだ」

「そっか……」

「いいよ、苫小牧。札幌、暑いし」

「苫小牧、涼しいの？」

「うん。八月の平均気温が二十度くらい。まあ、あっちも最近は時々バカみたいに暑い日あるけど」

とはいえそれは随分涼しい。話によると、札幌の夏は三十度を普通に超えてしまうらしいし、なんなら今日も最高気温は二十九度だ。

「……札幌暑いね。タセット行きたいな……冷たくて甘いキャラメルラテが飲みたい」

どんよりとして、むしむしした灰色の空を見上げて呟くと、千歳君が「うあー」と呻（うめ）いた。

「だよなぁ、ぐれさんのキャラメルラテ美味いんだよなぁ」

日暮さんのことを『ぐれさん』という親しげな呼び方をするぐらいなら、いっそ一緒にタセットに行ってくれたら良いのにって思って、私はじっと千歳君を見た。

「ああ、なんだよ？」

でも時花さんと喧嘩とかされちゃったら嫌だしな……。

その時、横に置いた鞄の中のスマホが着信を告げる。

「……別に、なんでもないけど」

「いや、いいから早く電話出ろよ」

急かされて、しぶしぶ鞄からスマホを取りだした。

「あれ？」

それは久保木コーチからの着信だった。

「あ、はい！」

『ああ、陽葵さん？　久保木です。ちょっと……急なんだけど今日、これから時間あるかな？』

慌てて、千歳君も聞けるようにスピーカーにする。コーチは少しガヤガヤして、音の響く所から電話をしてきていた。

「今日ですか？　えっと、大丈夫ですけど……」

『今、明日の準備で会場の設営をしているんだけれどね……実はね、あの後君のために曲を書いたんだ。君でも弾ける曲を……もし迷惑でなければもらって欲しいんだよ』

「え？　私にですか？」

『ああ、右手だけの練習曲をね。それで……さっき言ったように会場の設営中なんだけど……時間があるなら弾きに来ないかと思ってね。これからモエレ沼のガラスのピラミッドにおいでよ。スタインウェイなんだ』

「い、行って良いんですか⁉」

『勿論だよ。せっかくの機会だから』

「すぐに行きます！」

慌ただしく切って、私は鞄にスマホを放り込んだ。

「スタインウェイって？」

「世界最高峰のピアノメーカーだよ！」

「ふーん。じゃあ、行くか」

「え？　千歳君も来るの？」

千歳君もついてくるとは思わなくて、思わず瞬きした。

「なんだよ、行ったらダメなのかよ」

「ダメじゃないけど……なんで？」

「なんでって……岬のピアノ、一回聴いてみたかったんだよ」

千歳君はちょっと拗ねたように言った。恥ずかしかったのかもしれないけれど。

「もう昔みたいには弾けないよ？」

「別に、いいんだよ、そんなことは」

そう言って千歳君は私より先に歩き出した。

本当に弾けるだろうかと自信がない所に、千歳君が来ると言ったので少し緊張したけれど、それでも私の演奏を聴きたいって思ってくれたことは、ちょっと嬉しかった。

地下鉄とバスを乗り継いで、モエレ沼公園に着く頃には、空はますます重たい灰色になっていた。

開けた場所を歩いていると、ぬるい風が私達の間を何度も通り抜けていく。

「なんだか嫌な風が吹いてる。南の風だ」

千歳君が呟いた。

「確かに、雨が降りそうだね」

「こんなことなら傘持ってくるんだった」

「そのくらいはピラミッドの中の売店で売ってるんじゃない？　それに、案外大丈夫かもよ？　朝の予報では降水確率三〇％だったし……」

と、言っている側から、ぽつん、と雨のしずくが私の頬に落ちてきた。

「あ……」

それはあっという間に大粒になって、バタバタと鋪装された道をたたきはじめた。

「どこが三〇％だよ！」

「私に言わないでよ！」

慌てて二人で、ガラスのピラミッドまで走った。幸い何分もかからずに、私達はフードのある所までたどり着くことができた。そんなに濡れずに済んで良かった。


一階のホールに入ると、久保木コーチが待っていた。

「やあ、ぎりぎり間に合ったみたいだね」

「ぎりぎり間に合わなかった方かもしれませんけど」

汗ではない額の水滴を拭いながら、千歳君が答えた。

「うわ、すっごい雲」

ピラミッドの中から見る空に、まっくろい雲が広がっている。

「雷とか大丈夫かな？」

「避雷針ぐらいついてるはずだし、窓ガラスに近づかなきゃ大丈夫だろ」

そう言われても、さすがにちょっと怖い。

「帰りは車で送ってあげるよ――さあ、それより、君にこれをプレゼントしたくてね」

不安になる私に、久保木コーチが笑顔で言って、印刷した楽譜を差し出した。

「……ラの練習曲？」

表紙にはそう書かれていた。

「うん。君にとって、新しい一歩になったらいいと思ったんだ」

それは本当にラから始まる練習曲で、右手を中心に、私の手でも無理のない範囲で左手を使った、まさに私のために書かれた曲という感じだった。

「さあ、二階にピアノを設置した所なんだ。弾いてごらん」

コーチがわくわくしたような表情で言った。

誘われるまま茶色い石の噴水の横を通り、ガラスの階段を上がる。

吹き抜けになった二階は、真ん中の空間に向かって逆ピラミッドのような階段状になっていて、その中心部分にピアノが一台置かれていた。

なんだか幻想的で、ゲームの雰囲気にもよく合っている。

久しぶりに、お母さん以外の前で弾くピアノだ。

そもそもピアノに触れるのも、今はもう存在しない月子ちゃんとの日々で、お母さんの前で弾いて以来だ。

「……こんなことなら、もっと初見を勉強しておくんでした」

そもそも初見――はじめて見た楽譜をそのまま弾くのは苦手だ。

私はじっくり譜読みをした上で、練習を重ねて弾くのが好きだ。

上手くできるだろうか――いや、でもいいや、せっかくのいいピアノなんだから、上手に弾くより、楽しんでしまおう。

そう思いながら横を見ると、千歳君はなんだか私以上に緊張した表情で、私はつい吹き出してしまって、緊張もどこかに飛んでいった。

ラから始まる、私だけの練習曲。

それは優しい旋律で始まった。どこか気弱な音だった。でもそれは最初だけ。

囁く雨音のようだった旋律は、すぐに心を追い立てるように図々しいほど力強く、激しくなった。

時間としては4分ちょっとの短い曲だ。

だけど音楽の先生だった久保木コーチらしく、簡単そうに見えてちょっと意地悪で、一回目から上手に弾きこなすのは難しい。ちゃんと包帯を外してから弾けば良かった。

それでも最後の音もラで終えると、私はふー……と、深く息を吐いた。

顔を上げると、二人だけじゃなく、他のスタッフさん達も手を止めて集まって、私の演奏を聴いていたみたいだ。

一番乗りにコーチが拍手を始めると、周りの人達も一斉に手を叩いてくれた。

久しぶりの歓声が、くすぐったくて嬉しい。

ただ一人千歳君だけが、私を見てぽかんとしていた。「拍手してくれないんだ？」と聞くと、彼は慌てて手を叩いてくれたので、冗談だよ！　って笑った。

「これはちゃんと練習しなきゃ、上手くならない曲ですね」

「そうだよ。またいっぱい練習したらいい」

「でも……すごい、すっごい楽しかった」

「そうか、良かったよ」

ぎゅっと楽譜を抱きしめて言う私に、コーチが微笑んだ。

「お……お前、本当にピアノ弾けたんだな」

千歳君が驚いた表情のまま言うので、私は嬉しくて、また「へへ」と笑った。

「昔はもっと上手かったんだよ？」

「今でも十分上手だったよ」

そう言ってくれた千歳君の言葉に、私はまだ自分の指先に人を喜ばせる力が残っていたことを知って、じわっと目頭が熱くなった。

「皆原君、少し任せても良いかな？」

コーチみたいにすらりと背の高いスタッフに声をかけると、コーチは私達に「冷たい物でもどうだい？　二人とも」と誘ってくれた。

邪魔になってるんじゃないか心配だったけれど、私は今すぐこの曲のことをコーチと話したかったので、喜んでついて行くことにした。

場所は一階の、月子ちゃんがソフトクリームを落としたお店。

そこでソフトクリームを三つ買って、私達は激しく雨が降るのを眺めながら、公園側の出口の所で、少し立ち話をすることにしたのだった。

「……本当のことを言うと、これはね、最初茉莉ちゃんを想って書いていた曲だったんだ」

「え？」

雨音を聞きながら、コーチは言うか言うまいか少し悩んだようだったけれど、私に打ち明けてくれた。

「気を悪くしてしまったかい？」

「いいえ……私がもらっても良かったんでしょうか」

「いいんだ。悲しくて、寂しくて、いつまでも完成させられずにいた曲だったんだ――でもあの日君と別れた後、どんどんメロディが溢れ出てきた。だから本当はきっと、君のために生まれるべき曲だったんだと思う」

そんな風に言ってもらえると嬉しい。

これが伯母さんのための曲だとしても、私が大切に弾こう。伯母さんの分も。伯母さんもきっと喜んでくれるはずだ。

「じゃあ私、しっかり練習します」

「うん、そうだね。まだまだ最初の練習曲だから」

暑さで溶けそうになるソフトクリームを、こぼさないように急いで食べながら、コーチは言った。

「これを上手に弾けるようになったら、更に難しい曲が君に必要になる。そうしたら僕はもっと、君に曲を書いてあげたくなるだろう。そうなると半年や一年では短すぎる――そう思うようになった」

「あ……」

コーチは来週から入院することになった、と言った。はじめるなら、治療は早いほうがいい。

「その代わり、時々お見舞いに来てくれるかい？　実は結構甘党でね」

「美味しいクレープ屋さんが近くにあるから、買っていきます」

「うん。そして退院したら、またパフェを食べに行こう」

私は頷いて――それ以上は答えられなかった。泣いてしまっていたからだ。

最近私は、泣いてばっかりだ。でも今日のような涙だったら、何度だって流したい。

「お前、ソフト溶けちゃうぞ、岬」

「そうだった」

千歳君が急かした。

泣きながら、慌ててソフトクリームにかぶりつく。

昂揚（こうよう）した気分を鎮（しず）めてくれるようで、私はその甘さと冷たさを反芻するように、そっと目を閉じた、
その時だった。

「――――!!」

「……何？」

ホールの方から、すごい大きな声が聞こえた気がした。

それは叫び声のようで、どうやら何人かの人達が、大声で騒いでいるみたいだ――そしてその声はとても切迫している様子だった。

「陽葵はここにいろ」

はっとした様子で言って、千歳君がホールに向かって走り出す。

「え。でも、そんなの嫌だよ！　千歳君！　千歳君！」

コーチもその後を追いかけて行ってしまったので、私は無理矢理ソフトを口に押し込んで、コーチに続いた。

売店の店員さんも、怪訝そうな顔で集まってきた。

何があったのかはわからないけれど、二階のアトリウムで何人かの人達が叫んでいた。

「早く！　救急車を！」

「警察を呼んで！」

「……え？」

聞こえたのはそんな叫び声だ。

ガラスで透けた二階への階段。上りきると、灰色のタイルに赤いものがしたたり、流れ落ちていた。

「か……皆原君⁉」

コーチが悲鳴のように叫んで、皆原さんの元に走った。

すぐ近くで、警備員さんが女性を取り押さえていた。

その人は暴れたりせず、呆然としているみたいで、血を流して倒れた人から顔を背け、「どうして？　どうして？」とすすり泣いていた。

「ああ……なんてことを」

久保木コーチが、弱々しく呻いた。

「貴方が要君を殺したから、殺してずっと逃げ回ってるから……だからわたし……」

久保木コーチに気がついて、女性が泣きながら言った。きしるような苦しげな声だ。

私は理解した。

きっとこの人が『晴花』さんなんだ。

高柳さんの元恋人で、久保木コーチに復讐をしようとしていた人。

取り押さえられた彼女の手は真っ赤で、少し離れた所に皆原さんが倒れていた。

晴花さんは小柄な人だった。

弱々しい、お人形のような人だった。

憎しみに突き動かされ、罪を犯すには弱すぎる人、そんな風に見えた。

「おじさんも、おばさんも死んじゃったのに、みんないなくなっちゃったのに、どうして貴方だけ普通に生きていられるの？　どうして許されているの？　人殺しと同じなのに……」

彼女は血まみれですすり泣きながら、呻くように言った。皆原さんと彼女の間には、洋包丁が転がっている。

「本当に私は何もしていない――いや、何もできなかったんだ。私も彼を救えなかった。私では、あの子の人生に関われなかった……」

コーチが喉の奥から絞り出すように言い、晴花さんの前で俯いた。

「それにこんなことをしなくても、私はもう死んでしまうかもしれないのに……」

もっとちゃんと、貴方と向き合って話すんだったと跪くと、コーチは包丁に手を伸ばした。

「やっぱり私は、死を呼ぶんだな……君にまで、こんな罪を犯させてしまって申し訳ない」

「久保木先生⁉」

コーチの手が、血で濡れた包丁を掴む――。

「だから、そんなんじゃダメなんだよ！」

だけどコーチがそれを持ち上げる前に、千歳君が包丁を踏みつけた。

自分を殺してしまうことに罪状はないけれど、それは許してはいけないことだ。

「陽葵！　離れてろ！」

そうしてコーチを押し返しながら千歳君が叫んだ。

「出血が多い……救急車はまだなんですか⁉」

必死に皆原さんの刺されたお腹を手で押さえて止血している人が、泣きながら言った。

雨音が激しくなっていた。

たくさんの音がする。

たくさんの悲鳴が聞こえる。

たくさんの……たくさんの……。

「――音だ」

「……陽葵？」

「音……そっかラ♭だ」

「え？」

「雨音がするよ、千歳君」

ああ……そうなんだ。やっとわかった。

過去って、今の半音前。ラ♭なんだ。

「そうなんだね……雨が時間を連れてくるんだ」

「お前何言って……」

千歳君が怪訝そうな顔をしたけれど、私には彼がどうしてわからないのかが、わからなかった。

だって、そうでしょう?

時間は雨音なのでしょう。

ガラスのピラミッドに雨が降りしきる。私は正しい音を知っている。

歩きながら左手の邪魔な包帯を外した――だってこんなもの、もう私には必要ないから。

それよりも――ああ、スタインウェイが私を呼んでいる。

一番最初に、ピアノを弾いた瞬間を覚えている。

私が奏でる音。私の指が奏でる音。私の中の音が形になる。

嬉しかった。楽しかった。それよりも私は弾かなきゃいけないと思った。

ラ♭だ。ラの練習曲より半音低い旋律。

私の中に流れる時間の音。

楽譜を見る必要はない。私の指が覚えている。私の血が覚えている。弾くべき鍵盤がすべて見えるから。

誰かが私の名前を呼んでいる気がしたけれど、邪魔をしてほしくなかった。

そうだ、お願い、邪魔をしないで。

私に弾かせて。

弾かなきゃいけない。

時間が私を呼んでるから。

だってこのままじゃダメなんだ。

だれも救えないままなんだ。

だから、過去を呼ばなくちゃ、4分33秒の旋律で。

「いいえ、ダメよ。もう少し待って、お願いだからもう少しだけ待って、陽葵ちゃん」

急に鍵盤から私を引き剝がすように、誰かが私を抱きしめた。

温かくて、優しい珈琲の香り。

「時花……さん？」

「まだ貴方には早いわ。お願いだからまだ行かないで。私に時間を嫌いにさせないで。もう少しだけ、私にだって守れる人がいるんだと信じさせて」

時花さんの涙が私の頰を濡らす。

そうだ、私、本当は知っていた。時花さんは、いつも過去の世界で涙を流す。

不幸になる人を見ないふりする、意地悪で、嘘つきな大人——本当はそんな人じゃない。

不意に雨音が、私の中で荒々しく響いていたラ♭の練習曲が遠くなった。

「時花さん……わたし……」

「いいから、その音は聞かないで。私の声だけ聞いていて」

「でも、聞こえる。まだ聞こえる。遠く、微かに。時間が私を呼んでる……あの人の後悔が……悲しい雨の音がする……それに、鍵盤から指が離れないの……」

私の目から、涙が溢れた。

時花さんは、抱きしめる腕にぎゅっと力を込める。

「そうね、わかってる。一度喚(よ)び寄せた時間は、私達でも還(かえ)せないの」

そう言って時花さんはゆっくりと私から体を離し、振り返った。その視線の先には、千歳君がいた。

「だから——お願いちぃ君。私はここでは『渡せ』ないわ。今ここで『渡せ』るのは、時計の魔法が使える貴方だけ」

「言われなくてもわかってる」

ちぃ君と呼ばれた千歳君が、不敵に笑った。その手には、あの金色の懐中時計が握られている。

「けど珈琲屋、これはお前のためじゃないし、お前に言われたからでもない。それに二度と俺を『ちぃ君』って呼ぶな」

フン、と不機嫌そうに鼻を鳴らして、だけどすぐに優しい声で、千歳君は晴花さんに

「なあ、あんた」と声をかけた。

晴花さんがぼんやりと顔を上げた。

「なあ……どうしてだと思う？　今、こんな風に、知らない人間があんたのせいで死にそうになってるのは」

「う……」

彼女の表情がぎゅっと歪んで、またぽろぽろと泣き始めた。晴花さんが今日、傷つけたかった人は皆原さんじゃない。

久保木コーチに背格好の似ていた彼を、間違えて刺してしまったのだ。

「せめて、復讐したかった？　大切な人のために」

「だって……おかしいでしょ？　要君はもういないのに……あの人だけが生きているなんて」

「そうだよな……死んでしまった恋人のために、あとあんたにできることは、そんなに多くないよな」

千歳君の声は、とても優しい。少年の音だ。男の子でも、男の人でもない、その合間の優しい音。

優しい響きに囚われるように、晴花さんは頷いた。

ずっとなんとかしたかったのに、その人は話してくれないの。

私の話を無視して逃げるの。

要君の話がしたいのに。要君のことが聞きたいのに。

だから悔しくて、悲しくて、憎くてたまらなくなった。

逃げるのはあの人が殺したからだ。

優しい要君を死なせた悪い人なんだ。

ずっと探してた。

すっと追いかけていた。

そうしてやっと見つけたの。

明日は人が多いし、きっと彼には近づけない。

でもピアノを弾くなら、前の日から準備をするかもしれない。

今日行けば会えるかもしれない。

今日行けばあの人に償わせることができるかもしれない。今日こそ、あの人に――。

「こんなこと、彼は望んでない」

うわごとのように答えた晴花さんの言葉を聞いて、コーチが低い声で否定した。

「そうかな？　高柳さんが何を望んでいたかなんて、誰にもわかんないだろ」

千歳君が言い返した。それは、否定だし、肯定でもあると思う。

誰にも高柳さんの本心はわからないから。

「でも……あんたはわかりたかった。だろ？　だから毎日自分を責めた。それでも大切な人は取り戻せない。彼の気持ちがわからなかったから、あんたはここに来るしかなかった」

晴花さんがこくりと頷いた。

「誰かを傷つけたかったわけじゃないんだよな。だけどどうにもできない思いが、日増しにどろどろあんたの中に溜まっていった。やりたかったのはこんなことじゃない。だけどもうあの人には何もしてあげられはしないから、あんたにはこれしか方法が無くなってしまった」

晴花さんがまた頷く。両目に涙をたくさん溜めて。

流れた涙は血と一緒に彼女のブラウスを濡らした。

千歳君はそんな彼女に、時計の文字盤を開いて見せた。かち、こち、と、心臓の音のような秒針の音が私の中で少しずつ大きくなっていく。

「本当はどこに行きたい？　もしやり直せるとしたら、どこに戻りたい？　ほんの一瞬でもやり直せるなら、あの人を取り戻すために、あんたは何をしたい？」

「戻りたい……」

晴花さんが絞り出すように言った。

「どこに？」

「どこ？」

糸の切れた人形みたいに、彼女はかくんと首を傾げ——そしてゆっくり目を閉じた。

「……ひまわりだわ。あの、雨の日の」

12

雨が降っていた。

夏の日差しで温まった畑と芝生が、よく肥えた土と、緑の香りをもわりと水蒸気とともに立ちのぼらせている。

そこはどこかの牧場か農園のようで、見渡す限り牧歌的な風景が広がり、すぐ近くの畑では、何百本、何千本ものひまわりが咲いていた。

更にその向こうの大きな山は、黒い影のようになって、顔を隠すように頂が雲で覆われている。

「ニセコ……最後の旅行……」

ぽつりと晴花さんが呟いた。目の前に広がる光景に驚いているようだった。

「晴花、傘取ってきたよ！」

「よ……要君……？」

そんな私達のほうに、高柳さんが傘を差して駆け寄ってくるのが見える。

「行って！」

私はぐい、と晴花さんの背中を押した。

「これが一回きりのチャンスだから。だからどうか貴方の後悔を晴らして！」

晴花さんは不思議そうに振り返って、あのぼんやりとした目で私達を見た。

だけどその目に、急に光が戻って——彼女は強く頷く。

「走って！」

そうだ。走って。この4分33秒を無駄にしないで、絶対に。

「店の方で待っててって言ったのに、どうしたの？　ずぶ濡れじゃないか」

「…………」

「晴花？」

高柳さんに駆け寄った彼女は、その質問に答える代わりに高柳さんにしがみついた。

「ど、どうしたの？　急に。痛いよ、晴花。傘が——」

勢い余って、せっかくの傘が芝生に転がる。

「話して」

「……え？」

「ちゃんと話して、要君」

「話すって……何を？」

「全部だよ」

「全部って」

「要君が思ってること、全部をちゃんと私に聞かせて。なんでもかんでも自分だけで片付けようとしないで。みんなを置いて遠くに行っちゃう前に」

　高柳さんは驚いた表情で晴花さんを見た。そのまま彼が次の言葉を見つけるまで、さらさらと雨音だけが響いた。

「……なんで？　どうしてわかったの？」

「わかってるよ。でも……要君は一人じゃないんだよ？　私はちゃんとここにいるの」

「晴花……」

「お願いだから、全部言って」

「でも僕は――」

「いいから話して！　我慢してること、嫌なこと、やりたいことがあるなら全部！　本当は私のことが嫌いでもいいから！」

　晴花さんが、ぎゅっとまた彼を強く摑んだ。

「私は傷ついても、それでもいいから……」

「…………」

「何を言われても良いよ。要君が本当は何を考えてたって、私、ちゃんとそれを聞いて、それでも貴方を嫌いになんてならないから。だから嫌なことはちゃんと嫌だと言って。自分だけで苦しまないで。他の人に言えないなら、私が聞いてあげる。私もちゃんと強くなるから――だから、一人で死んじゃわないで」

　そう言って彼女は傘を拾った。

内側まで雨に濡れてしまったビニール傘だ。彼女はそれを一度閉じ、振るって開き直して、高柳さんを守るように差した。

「一緒に悩もう。要君が一人で濡れないように、私が傘になるから」


「……ひまわりだ」


高柳さんがぽつりと呟いた。

そのひまわりは、彼の視線の先、雨の中でもすっくりと立って、上を向いていた。

その周りには、同じように何本ものひまわりが咲いている。

何本も、何本も、寄り添うように。

泣いているかもしれない。

笑っているかもしれない。

でも、それでもそのひまわり達は、並んで、肩を寄せ合って、空を見上げていた。雨の降る空を。

「――ああ、そうか」

高柳さんが、ゆっくり目を閉じた。

「僕は一人じゃなかったんだ……」

13

気がつくと、そこはガラスのピラミッドの、二階のアトリウムだった。

中央に置かれたピアノはなく、傷を負った皆原さんも、晴花さんも、そして久保木コーチもスタッフの姿もなかった。

激しい雨だけは一緒で、ピラミッドのガラスを叩くように激しく降っている。

逆向きのピラミッドの階段には、日暮さんが四人分のカップを横に座っていた。

「お帰りなさい」

「『あっぶなかったぁ』」

途端に、千歳君と時花さんが、綺麗に声を揃えて言う。

二人はへなへなとした足取りで、日暮さんの元に向かい、それぞれテイクアウト用のカップを受け取っていた。

「陽葵ちゃんは、アイスカフェラテで良かった？」

「あ……はい」

私も差し出されたカップを受け取る。

目を閉じると、ほんの五分前の惨状が思い浮かぶ——ような気がしたけれど、私はなぜだか、その光景をよく覚えていなかった。

思い出すのは、あの旋律と、雨音だ。

なんだか怖くなって――私はぎゅっと、時花さんにしがみついた。

「時花さんが来てくれて良かった」

「そうね……間に合って良かった」

そう言って、時花さんが私を抱きしめ返す。

「千歳君もありがとう。私、本当に何回お礼を言ったらいいか、わかんない」

「別に一回で良いよ。それに俺は自分のできることをやっただけだし」

千歳君には迷惑をかけてばかりだ。その分、いつか彼に返せる私になりたいと思った。

「本当は私……ちぃ君のことも守りたかったんだよ」

私達を見て、時花さんがぽつりと呟いた。

「あーもう、うっせえな。珈琲屋は俺には話しかけんなよ」

なのに千歳君は、煩わしそうに返す。

「私はちぃ君と話したいけど」

「だから次俺を『ちぃ君』って呼んだら、お前んとこの犬にマジックで眉毛描いてやるからな」

「どうぞ？　モカは私のわんこじゃないし？」

時花さんが拗ねたように唇を尖らせる。日暮さんが「やめて」と顔をしかめた。

「あーあ。くそ！　だから嫌な南の風が吹くと思ったんだ！」

「……とか言って、私が来て良かったでしょ？　どう？　たまには店に来たくなった？」

「絶対に、二度と、行かない」

「ええ〜」

　喧嘩しているのかじゃれ合っているのか、仲が良いのか悪いのか、なんだか判別がつかないような時花さんと千歳君のやりとり。

ちょっと心配になって日暮さんを見ると、彼はふふ、と笑顔で頷いた。

——ああそっか、大丈夫なんだ。ほっと一息ついて、アイスカフェラテを飲む。

久しぶりのタセットの味だ。

私の今、一番大好きな味の珈琲だ。

急に涙がこみ上げてきた。

「三人ともありがとう……」

言葉にすると、更に涙が溢れた。

私も、一人じゃないよ。

貴方は、今どう？　高柳さん。大切な人のこと、気がついた？

松本さんも、コーチも、他の人達も、どうかどうか、みんな幸せになっていてほしい。

世の中そんな風に上手くいかないのはわかっているけれど。

それでも強く、強く祈り、願いたいのだ。

一度きりの『今』が、貴方に優しい音であるように。

14

家に帰る頃には、雨は止んでいた。

泣きすぎて、そして久しぶりに珈琲を飲んだせいか、頭の奥がジンジンする。

今すぐ横になりたいくらい疲れていたけれど、私には、もう一つやらなきゃいけないことがあった。

キッチンに行くと、お母さんがエンドウ豆の筋をとっていた。

「お母さん、いそがしい？　ちょっとだけ、聴いてもらっても良いかな」

「聴く？　なあに？」

「ピアノ、弾こうと思って」

それまで作業をしながら私の話を聞いていたお母さんが、慌てて放り出すようにエンドウ豆をボウルに戻した。

「勿論よ、どうしたの？　急に」

「うん、ちょっとね」

まだ練習は足りないけれど、ピアノに向かう。

私のピアノ。そして伯母さんのピアノ。私達、二人の時間を繋ぐもの。

弾いたのは勿論ラの練習曲だ。

この時間には、きっと生まれていない曲。

今では私の中だけに残る旋律になってしまった。

いつか――きっといつかその時が来たら、あの悲しいラ♭の方の旋律を、何度も何度も弾くことになるのだろう。

あのラ♭から始まる、嵐のような旋律が、私を過去に連れて行くんだ。

でも、今はまだ早い。

私を大切に思ってくれる人のためにも、あの悲しい音は封印しなきゃと思う。

だから――この曲を弾くのはしばらくお休みだ。私が大人になるまで。

初めての時よりも、もっと気持ちよく弾けた。私の体の深い場所が、好きだと叫ぶ曲を。

4分33秒の旋律に、お母さんはぼろぼろと涙を流した。

「素敵ね……なんて曲なの？」

「ラの練習曲。知り合いのオリジナルの曲」

「良かったわ。これからはまた、ちゃんと練習を重ねて――」

「重ねるかどうかはわからない」

きっぱりと、私は答えた。

「え？」

「ピアノはこれからまたきっと、弾きたい時には弾くけれど、もう昔のような私じゃないの。お母さん……私はもう、ピアノを自分の夢にはしていないの」

「陽葵、ちゃん？」

お母さんが、ひどく悲しそうな顔をした。そんな顔を見るのは初めてで、私は胸が痛くなった。それでも言わなくちゃと思った。

「ピアノは好き。もしかしたら今までよりも。でも、私の夢はこれだけじゃないの。お菓子を作ったりするのが好き。本も好きだよ。最近は珈琲も美味しいなって思うようになったから、カフェで働いたりもしてみたい」

「カフェだなんて……」

「友達とうんと遊んだり、勉強もするよ。色々なところに行って、色々な景色も見たい。帯広は綺麗な街だし、他の所も。イギリスにもいつかまた行こうと思うの――私の未来は、もっとたくさんある。もう鍵盤の上だけじゃない」

「でも、ピアノだって――」

「だからもう気がついてよ！　私がピアノを弾けなくても、お母さんはお母さんなんだって！」

お母さんはいつも私の話を聞かない。

だから私はいつも諦めてきた。その癖、わかってくれないって泣いていた。

お母さんを傷つけたい訳じゃない――だけど、このままじゃ何も変わらないから。

「私がピアノを弾けても、弾けなくても、お母さんには関係ないんだよ。だってこれは私のことなの。お母さんのことじゃないの。お母さんの価値が上がることも、そして下がることもない。お母さんはお母さん、私は私だから。私はいつか巣立っていくから」

子供の頃はお母さんがすべてだった。

お母さんが喜んでくれるから、私はピアノを頑張った。

でも私は、もう一人で歩けない子供じゃないから。

「好きなだけピアノを弾かせてくれてありがとう。私をピアニストに育てようとしてくれたのに、それなのに応えられなかったことは、ごめんなさい……でも『これ』が私だから諦めて」

お母さんが怒ったように唇を震わせた。怒鳴られるかもしれないと思ったけれど、でも仕方ない。私はもう怯まない。

「私はもう、自分が嫌がることはしないの。私が私を大切にしてあげるの。私の痛がるようなことは絶対しないの――だからもう、私はピアノを夢にはしない。それは私じゃなくてお母さんの夢だから」

そこまで言うと、お母さんは私に背を向けた。

怒っているのかと思った背中は震えて、泣いていた。

お母さんって、こんなに小さかったんだって気がついた。

いつも家の中を綺麗に整えてくれて、具だくさんすぎるミートソースを作ってくれるお母さん。

不器用だけれど、私を愛してくれる人――私はお母さんの小さな体を、後ろから抱きしめた。

「お母さんにだって、お母さんの人生があるの。誰かの代わりじゃないんだよ……だから、お母さんももっとちゃんと、自分自身を好きになって。自分の時間をちゃんと生きて。もう誰かのせいにしたりしないで、お願いだから」

私の話を聞かないお母さんだから、こんなことを言ってもなかったことにされちゃうかもしれないけれど、でも私はもうめげないし、お母さんにだってちゃんと毎日楽しく過ごしてほしい。

「でも私……陽葵のピアノが大好きなのよ」

菜乃花のことだってわかってほしい。私よりもずっと賢くて強くて、可愛い妹だから。

「わかってるよ」

お母さんがすすり泣くように言った。

そんなの、ずっと前からわかってるよ。

「だからこれからは私の人生のためじゃなく、お母さんのために時々弾いてあげる」

finale

『やりました！　決めました！　マッツ復活の快進撃!!　二得点でコーレは怒濤の三連勝です！』

テレビから騒々しいくらい興奮した、アナウンサーの声が響いていた。

「チャンネル変えよっか？」

リビングでお菓子をつまみながら漫画を読んでいた菜乃花が、本から顔を上げずに言う。

「ううん。いい。見たいの」

「へー、陽葵ちゃん、サッカーなんて好きだっけ？　彼氏でもできた？」

「……そう思う？」

正確には、好きな人が、だけど。

「え……」

すぐ後ろで、お母さんが持っていた麦茶のポットを落としてしまったせいで、私達はつかの間床を拭く作業に追われた。

「もう、菜乃が変なこと言うから」

「えー、だってこの前男の子と二人で歩いてたじゃん」

「え……」

お母さんがまた凍り付いた。

「あ……いや、千歳君は本当に友達だから、そういうの全然、まったくだから……」

その時、またテレビの中から歓声が上がった。

どうやらヒーローインタビューが始まったらしい。

画面には、まだ息の上がっている松本さんが、晴れ晴れとした表情で映っていた。

『えー、まず、こうやって第一線で再びプレーできると信じてくれたチームメートと、応援してくれたサポーターの皆さんに感謝をしています』

『お帰りなさい。辛い三年間でしたね』

『そうですね。医師からも試合への復帰は確率三〇％と言われていました。それでもその間、フィジカル面とメンタル面の両方を、ずっと親友が支えてくれたんです。彼がいたから、こうやってまたボールの前に戻ってくることができました』

『小学校から一緒にサッカーをされていたご友人だとか』

『はい。彼は今医師を――』

そんなアナウンサーと松本さんのやりとりに目を奪われていたのに、菜乃花が飽きたようにチャンネルを動かした。

「え、試合終わったじゃない。まだ見てたの？　私動画見たいんだけど」

「……まあ、いいよ」

うん。

大丈夫。

きっと、大丈夫だったんだ。

部屋に戻って、千歳君にメールを打とうとしたら、彼の方から先にメールが来てしまった。

『二人同時は無理だと思ってたから、お詫びに今度ポテトを奢るわ』

書かれていたのはその一行だけだったけど、私は嬉しくて、その何倍も長いメールを送信して、『長えよ』とそっけない返事をもらってしまった。

嬉しくて、止まらなかったんだもん。

そこでやりとりは終わりかと思っていたけれど、それから三十分ほどして、また千歳君からメールが届いた。

少し日付がズレたみたいだけれど、どうやらトラファのピアノコンサートは今回も行われるらしい。

日付は一週間後。座席はもう一階のスタンディング席しか空いていないそうだけど、その分チケットは三千円だ。

私には大金だったけど、ピアノのコンサートといえば、お母さんのお財布の紐が緩むのはわかっている。

千歳君に一緒にチケットをとってもらった。

久保木コーチとは他人の関係だけれど、彼の元気な姿が見たかったから。

そうしてやってきたコンサートの日、札幌での開催とはいえ、声優さんも来るイベントだ。ガラスのピラミッドはたくさんのお客でごったがえしていた。

「明日キタラの方でもやるらしいのに、みんな好きだねえ」

呆れたように千歳君が言った。

「そう言って千歳君、シロネンのアクキー買ってた癖に……」

「お前だってイットリのペーパーナイフ買ってたじゃん」

「あれはちょっと……黒くてかっこよくて、便利そうだったから……」

私は別に……そんなにハマってる訳じゃないし。千歳君が好きだって言うから、付き合い程度に遊んでいるだけだし……ホントダヨ？

その時、急に千歳君が私の腕を摑んだ。

「え、何？」

あんまり急でびっくりする私に構わず、千歳君は何も言わずに少し離れた方を指さした。

そこには、見慣れた顔が――私の大好きな顔が二つあった。

「あれ⁉ 月子ちゃん達だ」

どうして？　なんで？　月子ちゃんもトラファで遊んでるの⁉

その隣には、竜太さんも。

「……行けよ」

急に上がってしまった心拍数を抑えるように、ぎゅっと胸の上で左手を握りしめる私に、千歳君が言った。

「え、でも」

「行けって」

今日は千歳君と一緒に来ているのに……。

「……一緒に行く？」

「行かない。何度も言わせんな。お前は俺の友達じゃねーし」

「そっか」

「だから今日はもう別行動――ＯＫ？」

「うん……でも後で一緒にタセット行こうよ」

「それは絶対にＮＯって言ってるだろ」

「もー」

千歳君は、まるで私を追い払うように手をパタパタした。

ちぇ。でもいつかきっと、一緒に行ってやるんだから。

「じゃあ……また明日、学校でね」

「ん」

そっけなく千歳君が私に背を向ける──優しさだっていうのはわかってる。

ここは甘えておこうと思った。

今度こそ、今度こそ月子ちゃんを取り戻すんだ。このガラスのピラミッドで。

彼女の近くまで行ったけれど、人が多い。そして私はちっちゃい。

このままでは、たどり着けそうにない。

「月子ちゃああん！」

でも諦めたくなくて、私はぴょんぴょん飛び跳ねて、大声で名前を呼んだ。

私を見つけて、月子ちゃんは驚いて──そして笑った。

「「どうしてここにいるの？」」

なんとか人混みを抜け出して、ピラミッドの外でほとんど同時にハモった。

「あ……私は、ちょっと、たまたま？　千歳君の付き合いでトラファやってて……」

「そうなんだ？　私はね、今日のコンサートのピアニスト、お母さんのお兄さんなの。

元々帯広に住んでいた人で──私ね、前に帯広で陽葵ちゃんのピアノを聴いたことがあるって話したでしょ？　伯父さんに連れて行かれたアーケード街のお祭りで！」

「え？　もしかして久保木先生？」

「そう！　え⁉　知ってるの⁉」

「うん……ちょっと……」

どんな道筋を通っても、出会ってしまう運命の人がいる――そう千歳君が言っていたことを思い出した。

月子ちゃんに出会うことも、コーチに出会うことも、私の運命なんだろうか。

もしかしたら、何があっても神さまは、私とコーチを出会わせて、あの曲を弾かせようとしているのかもしれない。

それは少し怖い――でも、それでも今は、嬉しかった。

その時、急にピラミッドの中から姿を消した月子ちゃんを心配したように、竜太さんがやってきた。

「あ、あれが兄の竜太」

月子ちゃんがざっくりと紹介してくれる。

二回目の紹介は、一回目よりもっと雑だ。私は微笑んだ。

「誰？　月子の友達？」

「えっと……」

竜太さんが月子ちゃんに聞く。

月子ちゃんが私を、わくわくするような目で見た。

「友達？」

その質問に、私は自分の頬が真っ赤になったのを感じる。でも、頷いた。

「私は……一番好き」

それを聞いて月子ちゃんがガッツポーズをする。

「じゃ、多分親友！」

「マジで？　じゃあ紹介してくれなきゃ」

私は紹介してくれなくても知っているよ。貴方が優しいこと、温かい手をしていることを。

「それじゃあ、コンサート始まる前に、ソフトクリーム食べようよ！」

月子ちゃんが私と竜太さん、両方の手を摑んで引っ張る。

「え？　大丈夫？　また落としちゃうよ？」

「やだ、だからもうなんで知ってるの⁉」

月子ちゃんがびっくりしたように言った。

答える代わりに私は勢い余って、親友をぎゅっと抱きしめた。

Fin.

本書は文春文庫のための書き下ろしです。

ＤＴＰ制作　エヴリ・シンク

文春文庫

魔女のいる珈琲店と
4分33秒のタイムトラベルII

定価はカバーに表示してあります

2023年7月10日　第1刷

著　者　太田紫織
発行者　大沼貴之
発行所　株式会社 文藝春秋

東京都千代田区紀尾井町3-23　〒102-8008
TEL 03・3265・1211㈹
文藝春秋ホームページ http://www.bunshun.co.jp

落丁、乱丁本は、お手数ですが小社製作部宛お送り下さい。送料小社負担でお取替致します。

印刷・萩原印刷　製本・加藤製本

Printed in Japan
ISBN978-4-16-792066-1

（　）内は解説者。品切の節はご容赦下さい。

大山誠一郎
密室蒐集家
消え失せた射殺犯、密室から落ちてきた死体、警察監視下で起きた二重殺人。密室の謎を解く名探偵・密室蒐集家。これぞ究極の密室ミステリ。本格ミステリ大賞受賞作。（千街晶之）
お-68-1

大山誠一郎
赤い博物館
警視庁付属犯罪資料館の美人館長・緋色冴子が部下の寺田聡と共に、過去の事件の遺留品や資料を元に難事件に挑む。超ハイレベルで予測不能なトリック駆使のミステリー！（飯城勇三）
お-68-2

太田紫織
銀河の森、オーロラの合唱
地球へとやってきた、慈愛あふれる宇宙人モーンガータ（見た目はほぼ地球人）。オーロラが名物の北海道陸別町で宇宙人と暮らす日本の子どもたちが出会うちょっとだけ不思議な日常の謎。
お-69-2

大島真寿美
渦
妹背山婦女庭訓　魂結び
浄瑠璃作者・近松半二の生涯に、虚と実が混ざりあい物語が生まれる様を、圧倒的熱量と義太夫の如き心地よい大阪弁で描く。史上初の直木賞&高校生直木賞W受賞作！（豊竹呂太夫）
お-73-2

尾崎世界観
祐介・字慰
クリープハイプ尾崎世界観、慟哭の初小説！　売れないバンドマンが恋をしたのはピンサロ嬢――。「尾崎祐介」が「尾崎世界観」になるまで。書下ろし短篇「字慰」を収録。（村田沙耶香）
お-76-1

垣根涼介
午前三時のルースター
旅行代理店勤務の長瀬は、得意先の社長に孫のベトナム行きの付き添いを依頼される。少年の本当の目的は失踪した父親を探すことだった。サントリーミステリー大賞受賞作。（川端裕人）
か-30-1

垣根涼介
ヒート アイランド
渋谷のストリートギャング雅（みやび）の頭（ヘッド）、アキとカオルは仲間が持ち帰った大金に驚愕する。少年たちと裏金強奪のプロフェッショナルたちの息詰まる攻防を描いた傑作ミステリー。
か-30-2

角田光代
ツリーハウス
じいさんが死んだ夏、孫の良嗣は自らのルーツを探るべく、祖父母が出会った満州へ旅に出る。昭和と平成の世相を背景に描く、一家三代のクロニクル。伊藤整文学賞受賞作。（野崎　歓）
か-32-9

角田光代
太陽と毒ぐも
大好きなのに、どうしても許せないことがある。不完全な恋人たちの、「ちょっと毒のある11のラブストーリー」。「角田光代の隠れた傑作」といわれる恋愛短篇集が新装版で登場。（芦沢　央）
か-32-17

加納朋子
モノレールねこ
デブねこを介して始まった「タカキ」との文通。しかし、そのネコが車に轢かれ、交流は途絶えるが……表題作「モノレールねこ」ほか、普段は気づかない大切な人との絆を描く八篇。（吉田伸子）
か-33-3

加納朋子
少年少女飛行倶楽部
中学一年生の海月が入部した「飛行クラブ」。二年生の変人部長・神（じん）ことカミサマをはじめとするワケあり部員たちは果たして空に舞い上がれるのか？　空とぶ傑作青春小説！（金原瑞人）
か-33-4

門井慶喜
キッドナッパーズ
その犯罪者は、なぜか声が甲高く背は低く……オール讀物推理小説新人賞受賞の誘拐ミステリー「キッドナッパーズ」ほか、楽しく機知に富んだ単行本未収録ミステリー集。（宇田川拓也）
か-48-6

海堂　尊
ひかりの剣
覇者は外科の世界で大成するといわれる医学部剣道部の「医鷲旗」大会。そこで、東城大・速水と、帝華大・清川による伝説の闘いがあった。「チーム・バチスタ」シリーズの原点！（國松孝次）
か-50-1

海堂　尊
ゲバラ覚醒
ポーラースター1
アルゼンチンの医学生エルネストは親友ピョートルと南米縦断のバイク旅行へ。様々な経験をしながら成長していく将来の革命家の原点を描いた著者渾身のシリーズ、青春編が開幕！
か-50-2

（　）内は解説者。品切の節はご容赦下さい。

川村元気
億男
宝くじが当選し、突如大金を手にした一男だが、三億円と共に親友の九十九が失踪。「お金と幸せの答え」を求めて、一男の旅がはじまる！　本屋大賞ノミネート、映画化作品。（高橋一生）
か-75-1

川村元気
百花
「あなたは誰？」。息子を忘れていく母と、母との思い出を蘇らせていく息子。ふたりには、忘れることのできない〝事件〟があった。記憶という謎（ミステリー）に挑む傑作。（中島京子）
か-75-5

川越宗一
天地に燦たり
なぜ人は争い続けるのか――。日本、朝鮮、琉球。東アジア三か国を舞台に、侵略する者、される者それぞれの矜持を見事に描き切った歴史小説。第25回松本清張賞受賞作。（川田未穂）
か-80-1

神永　学
ガラスの城壁
父がネット犯罪に巻き込まれて逮捕された。悠馬は真犯人を捕まえるため、唯一の理解者である友人の暁斗と調べ始めることに――。果たして真相にたどり着けるのか!?（細谷正充）
か-81-1

香月夕花
やわらかな足で人魚は
人魚姫が王子を刺せなかったなんて、やっぱりウソだ。人知れず悲しみを抱えている五人の主人公たち。『昨日壊れはじめた世界で』が話題のオール讀物新人賞作家の短篇集。（川本三郎）
か-82-1

北方謙三
杖下（じょうか）に死す
剣豪・光武利之が、私塾を主宰する大塩平八郎の息子、格之助と出会ったとき、物語は動き始める。幕末前夜の商都・大坂を舞台に至高の剣と男の友情を描ききった歴史小説。（末國善己）
き-7-10

北村　薫
中野のお父さん
若き体育会系文芸編集者の娘と、定年間近の高校国語教師の父。娘が相談してくる出版界で起きた「日常の謎」を、父は抜群の知的推理で解き明かす！　新名探偵コンビ誕生。（佐藤夕子）
き-17-10

北村 薫
水に眠る
同僚への秘めた思い、途切れた父娘の愛、義兄妹の許されぬ感情……。人の数だけ、愛はある。短編ミステリーの名手が挑む十篇の愛の物語。有栖川有栖ら十一人による豪華解説を収録。
き-17-11

桐野夏生
グロテスク（上下）
あたしは仕事ができるだけじゃない。光り輝く夜のあたしを見てくれ――。名門女子高から一流企業に就職し、娼婦になった女の魂の彷徨。泉鏡花文学賞受賞の傑作長篇。（斎藤美奈子）
き-19-9

桐野夏生
ポリティコン（上下）
東北の寒村に芸術家たちが創った理想郷「唯腕村」。村の後継者となった高浪東一は、流れ者の少女マヤを愛し、憎み、運命を交錯させる。国家崩壊の予兆を描いた渾身の長篇。（原 武史）
き-19-16

貴志祐介
悪の教典（上下）
人気教師の蓮実聖司は裏で巧妙な細工と犯罪を重ねていたが、綻びから狂気の殺戮へ。クラスを襲う戦慄の一夜。ミステリー界の話題を攫った超弩級エンターテインメント。（三池崇史）
き-35-1

京極夏彦
定本 百鬼夜行―陽
『陰摩羅鬼の瑕』ほか、京極堂シリーズの名作を彩った男たち、女たち。彼らの過去と因縁を「妖しのもの」として物語る悲しく恐ろしいスピンオフ・ストーリーズ第二弾。初の文庫化。
き-39-1

北川悦吏子
半分、青い。（上下）
高度成長期の終わり、同日同病院で生まれた幼なじみの鈴愛と律。夢を抱きバブル真っただ中の東京に出た二人を待ち受けるのは……。心は、空を飛ぶ。時間も距離も越えた真実の物語。
き-42-2

北川悦吏子
ウチの娘は、彼氏が出来ない!!
天然シングルマザーの母としっかり者のオタク娘に、突如吹きつけた恋の春一番。娘にとっては人生初の、母にとっては久々の、恋！　トモダチ母娘のエキサイティングラブストーリー。
き-42-4

文春文庫　最新刊